AF595537

www.ingramcontent.com/pod-product-compliance
Lightning Source LLC
LaVergne TN
LVHW091340190726
843491LV00002B/811

* 9 7 8 4 4 6 1 5 9 9 0 4 4 *

رحيل القمر

دار حروف منثورة للنشر والتوزيع

مؤسس الدار
مروان محمد

الطبعة الأولى

الكتاب: رحيل القمر

المؤلف: السيد علي إسماعيل

تصنيف الكتاب: قصص

تصميم الغلاف: فريق الدار

تنسيق داخلي: فريق الدار

رقم الإيداع: 2021/3170م

Website: https://horofpdf.wixsite.com/ebook
Fan page: http://facebook.com/herufmansoura
Email: herufmansoura2011@gmail.com
هاتف جوال: 00201113006296 – هاتف جوال: 00201064054995

مجموعة قصصية

السيد علي إسماعيل

إلى صاحبة الفكر الهادئ.. الصوت الهادئ.. السمت الهادئ..
(قمري)

إلى كل من أحبهم في الله.. ويحبونني.. أهدي إليهم نبضات سطور مجموعتي هذه.. علّها تذكرهم بي..

(سيد أبو إسماعيل/ مصر)

الفهرس

تقديم (١)

عرفته عن طريق الفيسبوك، ولم نلتق إلا عبر هذه الأداة نتدثر بها بحثا عن دفء افتقدناه بين من هم أقرب إلينا من حبل الوريد.

لفت انتباهي لغته الشفيفة، ومهاراته عندما يرسم بالكلمات لوحاته السردية.. إنه القاص سيد أبو إسماعيل.

استمتعت بالاطلاع على مجموعته القصصية "رحيل القمر"، واستفقت على قدرته في التخلي عن استخدام ضمير المتكلم، ويبدو أنه كان حذرا من التورط في السردية الذاتية بكل أنانيتها وأفقها الضيق الملامس لقاع رسالتها الصغيرة ونفسها القصير الذي عادة لا تهتم إلا بالذات وتغمض عينيها عن الآخرين.

صحيح أنه ليس بوسع القاص أن يحلق بعيدا عن ذاته طوال الوقت، أبو إسماعيل استطاع ببراعة أن يصنع من تجربته وتجارب الآخرين، طلاء لون به لوحات تحكي سيرة الإنسان في المطلق مع الغربة والموت والحياة والسفر والإياب والخوف والرجاء مع النور والعتمة مع الفقد والحب والوداع مع الوحدة والضياع

استهل مجموعته بـ"البداية"، لم يكن انتقاء من قبيل الترتيب العبثي، وإنما بوعي الفنان الذي يدرك أن ولوج نصوص ما بعد الحداثة، تحتاج إلى "الونس" أو من يأتنس إليها، فيهدي القارئ على باب أول نص قمره وقت اكتماله، فيحمله كما كانت تحمل أمهاتنا "الوناسة" ليلا تتفقد بها الدار بدون أن تزعق الغارقين في نومهم اللذيذ.

ويبدو لي أن القاص كان قلقا من حمولته الرمزية في القصة التالية عليها "وداعا .. يا كتف الزمان" ومن صور الدمار والخراب التي نقلتها كلماته من عمق النص وتخفيه، لتتقافز على سطحه: ألسنة النيران، رؤوس الحراب كتل الجحيم ووهاد الأرض الأسود

لم يترك أبو إسماعيل يد القارئ لتتفلت منه، بعيدا عن التورط في مشهد كابوسي ينزف إحساسا لا ينقطع بالضياع والتيه وتتدلى منه الدمعات الساخنة دما وجثثا مبعثرة. فكانت "البداية" تلطيفا لما هو آت، عندما يركض القارئ داخل غيمات النصوص المسافرة.

ليس بوسع الناقد، أن يتوقع النص اللاحق في المجموعة، فهي تدفقات قلب لم تنتزعه الغربة من البيوت التي تنفس فيها عبق عشقه البريء للحياة وإنما ربما تكون انتزعت منه كل شيء ولم تترك له إلا حسابا بنكيا، لن يعوضه سنوات السعادة البكر والروح المشرقة الغضة ومجتمع القرية التراحمي ولا مرارة الفقد. ربما سجلت هذه الأحاسيس قصته "هلوسات الوحدة" ثم مشهد الوداع قبل السفر في "أمي .. دموع مستترة".

يقبض على النصوص في عمومها جدل العلاقة بين "الحضور" و"الغياب" جدل "الحياة" و"الموت" كأداة تهذيب للنفس المتوترة والمضطربة وتوطينها على السكينة والهدوء كما سجلها القاص في آخر سطر مع الموظف "صلاح" في قصته "نداء". أو مدخل يهزأ من خلاله من تجار الشعوذة كما في قصته "حضرة مولانا". وكذلك عندما أهدت صدفة "الموت" للشاب المصري حب أميرة عربية، ثم يُلقي به في غيابة السجون كما في "أحبك أيها المصري".

وبمضي الوقت سنكتشف وجود "تناص" ناعم يتخفي من أول "ألف" المجموعة وإلى "يائها" عندما يسدل الكاتب عيني القارئ على آخر قصة فيها.

محمود سلطان
٢٠٢٠/١٢/٣١م

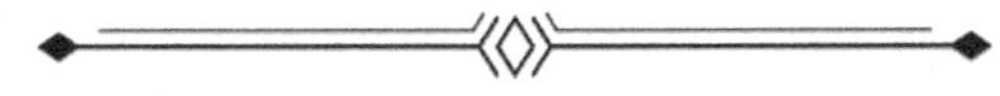

تقديم (٢)

من جملة مواقف حياتية نعيشها وتعيش فينا بل تقتحمنا وتخترق حُجُرات أفئدتنا ما بين فراق وافتراق، غربة رحيل ألم طموح جامح تلجمه كبوات الأيام، وبِمداد من مَدَد، أغدق علينا الكاتب المبدع بمجموعة ديكورية من الأقصوصات التي تركت بصمتها في وجداني كقارئ حالم أعشق شجن الأبجديات وترانيم التراجيدية وتراتيل العاشقين، إبداعٌ خاطِرِيٌّ تخللته لحظات صراحة وواقعية لامَسْتُها من الكاتب بِلُبِّ قلبي؛ وإذ أنني - كقارئ- عايَشْتَّها بِحَقٍ فلا شَكَّ عايَشَها القاصُّ بِذِهنه ولَرُبَّما بِجَسَدِه ورَوْحِه، وإلا لَمَا نقَشَتْها أنامله بمنتهى العمق هكذا ولا أنتجت لنا رائعة الحَكايا تلك.

"رحيل القمر" -وبلا أدنى مجاملة- من أفضل أعمال القصص القصيرة أو سرديات الأدب السريع كما أسميه أنا، وهي المجموعة التي لا تقل شأنًا عن قصص يوسف إدريس وزكريا تامر وأحمد بوزفور -مع حفظ ألقاب الجميع-؛ فعلى متن هذه المجموعة بلغوياتها وبلاغاتها تستشعر طقوس مَلاحم هوميروس والإلياذة والأوديسة وزمن ألف ليلة وليلة، لِمَ لا وهي بقلم أحد أساطين القصة القصيرة ورَبابِنَتها الذي لطالما أَبْحَرَ بقلمه في خبايا مُخَيِّلاتِنا، حتى فازت معظم أهازيج قلمه -إن لم تكن جُلُّها- ضمن أبرز مسابقات القصة القصيرة على مستوى الوطن العربي؛ ما دفعني لأطلب منه مِرارًا جمعها في عمل أدبي يذخر لجموع القُرَّاءِ بل ولِشَباب الكُتَّاب بمأدبة شهية ينهلون منها ما لَذَّ وطاب.

بعيدًا عن الإطراء الذي وإن انتهيت لن ينتهي في حَقِّ الكاتِبِ ومَكتوبِهِ، أتطرق للمجموعة القصصية والتي نَوَّعَ فيها من كل

صنوف الأدب وألوانه وألحانه، وراح يتبختر بِقُرَّائه بين التراجيدية العميقة من أحزان وفِراقٍ واشتياق وشجنٍ وحنين وطموح زائل ووو، وبين رومانسية كلاسيكية عتيقة أتلفتها عثرات الأقدار وخبائث الأهواء، وتجلت عظمة العمل في ثرائه بأدبيات ورمزيات القصة القصيرة بمنتهى الأكاديمية، ومراعاتها لشتى تكتيكات القَصِّ، واعتمادها على خواتيم مُحَيِّرَة غير متوقعة، واستعماله اصطلاحات ثرية وفي بعض القصص اعتماده على دلالات فلسفية بحتة لفئة القارئ النهم واسع الثقافة والاطلاع يستنبط منها ما يريد، ناهيك عن العناوين التي عبرت بِحَقٍّ عن مضمون الأقصوصة رغم اختزالها وبساطتها، كما وتَمَيَّزَ العمل بكثرة الإيماءات والتشابيه والاستعارات والكنايات التي صاحَبَتْني وصَحَبْتُها بين غلافَي العمل في أمتع.. وأتعس نزهة بعالم ''الحواديت''!

خالص تمنياتي بدوام التوفيق والسداد،،
إبراهيم فايد
٢٠٢١/١/٢٠م

بداية

يستدير منظر قمره المخملي الذي رآه محلقا في عنان السماء أثناء عودته للمنزل..
مازال ضياء القمر يطارد أفكاره..
في همس الليل يمتطي صهوة سطح منزله ليجاور القمر..
نعم تماما هنا في هذا المكان الذي أعده لمثل هذه الليالي القمرية ميمنة السطح دوما يجلس يحتفل باكتمال قمره ويسعد بمناجاته..
يلتف بغطاء ضيائه .. يتأرجح بخيوطه النورانية.. ينتظر لمسته الحانية على وجنته الواضئة كما ينتظر الصغير حنان أمه وملاطفتها له .. يستكشف أسرار وحكايات العاشقين في ضيه ونعومته ورقته.. يخاف من رحيله.. لكنه يجد في سفره إلى القمر متعته وراحته وتأملاته فالوصول لقلعته العظيمة غاية لا تدرك وإن حملته مثل هذه الليالي القمرية إلى حبيبه فهي غاية لا تترك.. يهيم معه بوجدانه وينظم من نجومه المجاورة كلماته الناطقة بحبه.. يعكس بريقه الساحر ليشع نبضا ناطقا بين نغمات حروفه ليسطر حكاياته عبر سطور هذه المجموعة التي بين أيديكم..

وداعا يا ..

(كتف الزمان)

هوى من فوق (كتف الزمان) وظل يهوي لمئات السنين .. بل لآلافها يهوي .. ينحدر بسرعة البرق .. يسقط ويتساقط من أعلى وأشرف مكان في العالم (أبيه.. كتف الزمان) الذي تركه يتهاوى.. ثم غادر ...

لن يعود إليه .. سيدعه يتوه، ينهار، ينزف، يتحطم، ويموت .. سيحرمه من الدفء، من الحنان، من الكرم ونبل الأخلاق ...

يشعر بنفسه يتناثر بين أجواء هذا الكون الفسيح .. يغمض عينيه لكي لا يرى أشلاءه المتناثرة ثم يفتحها علها تكون حلماً .. لكنها حقيقة مخيفة دامية ..

تستأذن عيونه الدموع لتذرف دماً عندما يتضح له أن بعثرت أعضاء جسده فوق بساط هذا الكون آتية لا محالة .. ولا زال يتهاوى ...

يلتقط الهواء لينقذه، لكن حبائله انقطعت .. جميع حبائله تاهت في أجواء الضياع، وحتماً سيرتطم بالواقع الحزين ..

أيهون ..؟! أيمكن أن يهون هذا الواقع القاسي ..؟!

هل ارتطامه سيكون سهلاً ..؟! هل سينجو ..؟!

أيمكن أن يعود كما كان فوق (كتف الزمان) ...

استحالة.. وهذه الاستحالة لا تعبر .. ولو بأقل القليل .. عن اليأس الذي يراه في العودة.. إنه حتماً سيسقط، وستكون النهاية...

تظل الأفكار العقيمة تراوده، ويظل يتعلق بلفائف الهواء، وهو يعرف مصيره، القادم ...

إذ بعد آلاف السنين من السقوط، وجد ألسنة النيران، وأسنة رؤوس الحراب المستعرة المنتصبة حامية الكون، وكتل رواسي الجحيم السوداء بعد أن أنهت احمرارها من شدة اللهب، ومهاد الأرض المكتسي بالسواد القاتم .. يتلقفونه .. بعد أن انتظروه.. انتظار الموت...

وارتطم .. ارتطم فوق دخان مظلم يغلف ألسنة النيران، ورؤوس الحراب، وكتل الجحيم، ومهاد الأرض الأسود ...

يصرخ .. صرخة النهاية، يسمعها كل من يسمع في الكون، وحتى من لا يسمع شقت الصرخة له أذنين كي يسمعه ...

ظلام .. وأي ظلام ..؟! سواد .. وأي سواد ..؟! قتوم .. وأي قتوم..؟!

يتقلب بين براكين الدخان، الأسود، الكاحل البهيم، الملتهب، الكثيف .. ولا زالت صرخاته تصعق كل كائن حي: أين أنت (يا كتف الزمان) ؟

لماذا تركتني أتهاوى ..؟! إلى أين ذهبت..؟! لمن أكون بعدك ..؟! لم أهنأ كثيراً بكتفك مثل الآخرين، عندما عدت من رحيلك الطويل.. رحلت أنا .. كنت تحملني فوق الأحداث، وفوق الناس.. كنت تطعمني، تسقيني، تكسوني، فمن لي بعدك ..؟!

ألن أراك ثانية ..؟! أيعقل أن لا أراك ..؟! أتتركني وحيداً أصارع بأجنحتي الضعيفة جبال الأمواج العاتية ..؟! سأبقى حزيناً ما حييت على فراقك .. وسيمحو حزني حزن الأرض .. ويوزع على سكانها فيكفيهم، سأنظم بكل قطرة دم تجري في عروقي قصيدة رثاء تفوق أي قصيدة، وستحمل فصول روايتي مر الآهات الكئيبة، وسترسم ريشتي لوحة سوداء، عنوانها ندم، وتوقيعها لحظة فراق أليمة ...

صرخاته تتابع، ودمه يلون الكون الأسود، فيلبسه ثوب حدائق النعمان .. تتقاذف الدماء .. تتقاذف من كل جسده، حتى أصبح

كوكب الأرض يسبح في بحر من دمائه التي غمرت الكون .. ولا زال يصرخ ...
لا يعرف إن كان صراخه من شدة ارتطامه بجحيم الأرض الذي مزق جسده .. أم لأنه لن يعود إلى (كتف الزمان) ...
وعلى أي الحالتين فلقد انتهت دماؤه، وتساقطت أعضاؤه، وأصبح بلا روح .. صار آهات لا تصمت .. تصرخ الآهة تتبعها شظايا نارية ملتهبة تقطع ما تبقى من جسده الممدد، معترضاً سيل الأحزان الذي ينتهي إلى بحر الألم يمر من فوق جسده، ومن تحته .. موجات إثر موجات .. تحركه .. وتتركه .. ثم تحركه إلى أن ينزلق .. هناك .. في قاع البحر .. بحر الآلام .. المظلم .. القاسي .. الذي تشبع بالأحزان، فأضحت ملحه .. الهالك والقاهر لأقوى أنواع الحديد، فضلاً عن بقايا جسد قد أبلته الأيام العصيبة.. فغدا نهباً سائغاً تلتهمه مفارقات الدهر المتقلبة .. وتفترسه أنياب سباع الزمان الجائرة ...
ولا زال يتأوه مكبلاً بالسواد المتراكم والمتراكب .. طبقات، تعلوها طبقات .. تنفرد طبقة صارخة، فتكسو كل ما في الكون وتظلله:
آه .. مغلفة بالنيران .. تبحث عنك (يا كتف الزمان) بعد أن تركتني وفارقتني فراقاً ليس بعده لقاء ...
آه .. معبقة بمرارة الأيام التي ابتعدت فيها عنك، عن حنانك، عن دفئك وعن حضنك .. فتكالبتني الأحزان، واقتسمتني الآلام ...
آه .. وأي آهة عرفتها البشرية لن تفيد، ولن تجدي، فقط ستعود بمبضع الجرّاح ليزيد الجراح .. ويجدد الدماء التي جفت على جدران القلب المكلم .. الذي أبى أن يضخ الدم للأعضاء حزناً على فراقك (يا كتف الزمان) فهل ستعود ..؟! ليستأنف القلب العمل .. ويوقف الإضراب ..!
أبداً لن تعود ... أبداً لن تعود ... أبداً لن تعود ...

لأن القلب قد مات، وقد شلت الأعضاء، وتوقفت الأنفاس، وانتهت _ لأبد الآبدين _ ما كانت تسمى الحياة ...

وعاد _ مرة أخرى _ ليجمع شتات عناصره التي بعثرتها الآهات إلى أن استوى صاعداً من رماد النيران التي توقفت .. وخمدت .. خموداً مرعباً .. يسبق الطوفان ...

ويتمايل يميناً ثم يساراً، ليخرج من أعماق الركام الترابي الملتهب، وينفض الرماد .. لكنه لا ينتفض .. ولا يستطيع الخروج من الركام ...

والآن تراه .. وقد طحنته المحن، واتخذته الآلام عدناً .. يتلوى متراخيا .. على جمرات الأرض .. إثر طلقات من رصاص الجحيم، أتت إليه قريبة .. قريبة جداً منه، تخترق رأسه، وتمزق جسده .. تمزقه ... تمزقه ...

تنطلق من فم صديقه، الذي يقذفها .. تترى .. تترى من جواره على مقعد قيادة السيارة حين قال له في تردد خوفا من انهياره " البقاء لله يا صديقي .. في أعز من على وجه الكون إليك " سامحني يا صديقي ستذكرني مدى الحياة لأنني من تحتم عليه أن يخبرك...

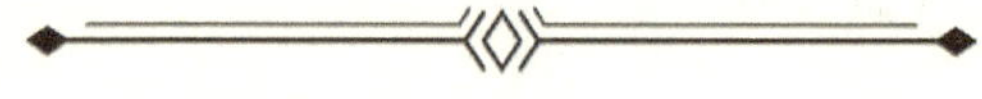

الفجر

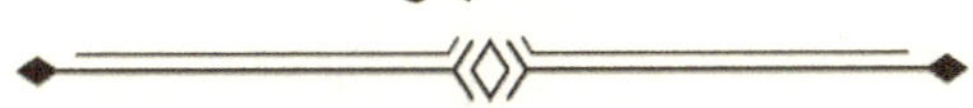

احتدمت الآهات.. وتضاربت الالتواءات، وتبعثرت الأنات.. وباتت وسادتها تسبح في مياه دموعها.. وتتماسك..!

بقبضتها تضغط على ما تمكنت منه من سواري الفراش.. تجذبه وتتركه.. تمزقه بأسنانها.. وتلملمه على وجهها.. تزيحه.. تركله.. تجمعه وتنثره وتتلوى..

ولازالت تتماسك..

انقبض قلبها ، وتسارعت ضرباته.. تعالت وارتفعت أصوات خفقانه، ارتفعت وارتفعت وشعرت بروحها تتسامى لتتطاول السحاب.. تحاول إيقافها .. توقفها .. متماسكة بقوة الخبر اليقين..

اندفعت .. زاحفة.. إلى الغرفة، وعادت .. ثم اندفعت للجانب الآخر.. تريد أن تصرخ وتصرخ.. لكن الألم اللذيذ يوقفها.. والخبر المنتظر يداعب مخيلتها.. وتصمد.. تصمد ليكون حقيقة ماثلة..

وفي نهاية ليلة طويلة .. طويلة.. ملئت بالآهات والأنات.. لم تغمض عينيها برهة ، ولم يعرف لها النوم سبيلا.. وبعد تماسك وصمود.. في سبيل ما تنتظر.. تأكدت أن (حلمها) بات وشيكا يكاد يظهره الألم، الذي سمعت به كثيرا .. وهاهو يلم بها وليس بعده ألم..

أخذت تتعلق بأطراف رجُلِها.. تتلمسه تحتمي به .. تشده.. تخاطبه..

سيتحقق يا زوجي ... وسيكون.. ستنشق روحه من روحي قريبا.. سيظهر للوجود بعد أن انتظرناه.. وعددنا ساعاته..

ولياليه وأيامه.. تحسسناه إلى أن ظهر .. وها هو يريد أن يخرج..
أتسمعني..؟! سيخرج.. أقول آن له أن يصبح حقيقة..
أتراني؟! يعتصرني الألم وأصمد.. وأتماسك لأراه.. وسوف تراه يا زوجي..
سوف تراه يملأ علينا بيتنا الصغير.. ينبت زرعنا.. ويحيي مواتنا..
سيشبهك يا زوجي في حنانك ودفئك، سيكون في طبيعتك.. وسيأخذ ملامحك، شعرك ووجهك.. يداك.. كلك..
سيصبح كما تمنينا يحافظ على صلواته، وأذكاره .. يتعبد لله حق العبادة.. ليقر الله به قلبي وقلبك.. ويحفظ القرآن كما تمنيت ذلك.. وكررته مراراً..
ولازالت تتعلق بملابسه.. وتناديه.. ليجيبها.. لكنه لا يجيب..
لتجيب يا زوجي.. لتجيب.. اقترب الحلم ليصبح حقيقة وتراه.. كما تمنينا..
ووسط الاستغاثة بزوجها تنهار.. تغط في نوم عميق..
ومع الفجر يعود.. يعود.. متثاقلة خطواته.. مرهقا.. إثر يوم طويل شاق قضاه في عمله.. الذي ربما تطلب سهره أواخر الشهر لمقربة الفجر..
يصعد الدرج متحاملا على نفسه.. التي يؤملها بالراحة عند وصوله للفراش ليرتمي ممددا بملابسه وحذائه، وهو لا يدري - عادة- بزوجته وهي تخلعهم عنه، لكنه يشعر اليوم بشيء خفي.. يسري في نفسه فينقبض له صدره.. ما هذا الشيء .. لا يعرف . ولا يريد أن يعرف.. فهو يطارد أفكاره الشريرة دوما عندما تراوده..
ويصل أخيرا لبابه.. يسبقه المفتاح الذي ارتعشت به أصابعه.. وخطا خطواته السبع المعدودة داخل الرواق.. ليواجهه باب غرفة

النوم مفتوحا لنصفه.. وحين أكمل فتحه.. ذهل لرؤيتها ممددة فاقدة الوعي.. وفوقها سقطت ملابسه التي لم تتحمل تعلقها .. وانتفض.. وانتفض لرؤيتها هامدة لا حراك لها.. سوى أنفاس معدودة تخرجها بصعوبة.. ولا يعلم من أين أتته تلك القوة المعجزة حين حملها، كما يحمل الأب ولده الرضيع، مسرعا إلى المستشفى المجاورة، وبعد صعوبة الإجراءات الإدارية الورقية العقيمة، استجاب الله لدعائه واستغفاره المستمر أثناء مدة الانتظار..

وقد كان ..كان ..!

وسمعها .. سمع (الممرضة) تلفظها.. وهو يحصى ألفاظها.. بل حروفها .. بل نبراتها، وهي تخرج من فمها تترا.. تترا.. كحبات اللؤلؤ المنثور .. وهو يجمعها بأذنيه ويستنشقها على صدره، لتعم كلماتها الحانية أنحاء جسده ، فينتعش.. وينتعش.. وكأنه خرج لتوه من مسبح به ماء معطر يتوسط ساحة خضراء شاسعة.. هي الكرة الأرضية كلها.. كلها..

أصبح الكوكب الأرضي ساحة خضراء، والمسبح المعطر ينتصفه.. وهو يخرج منه منتعشا.. يتقاطر من على جسده الماء الرطب.. ويجمع ما استطاع من عبير الهواء المحمل برائحة الورود والأزهار ويستنشقه، بنشوة الخبر السعيد، على صدره فترتوي رئتاه وتتشبع، وتترك ذلك الهواء لبقية تضاريس جسده المتعطشة لمثل هذه الأخبار المفرحة، منذ بعيد.. بعيد، حين اقتلع خبر موت أمه قلبه، وها هو يكاد أن يعود إليه مع هذه البشرى التي زفتها إليه (الممرضة) فحملته إلى ذلك العالم الأخضر المرسوم في مخيلته منذ الصغر.. يعاوده فيرتمي فيه..

لا يعرف كيف تمالك نفسه .. وتراجع ، بعد أن لامست يداه منكبي الممرضة وأوشك على احتضانها حين أطربت أذنيه بأعظم لحن وأسمى سيمفونية موسيقية سمعها.. وأطيب كلمات وأرق عبارة

عرفتها العربية.." لقد رزقت ببنية" ما أجملها بنية، إنها كفلق الصبح النادي.. إنها نسمات وردية حانية انشقت مع خيوط الفجر الباسم..

يا له من فجر ننتظره.. ليغير وجه الأحزان المتراكمة والمتراكبة، ويضئ بنوره ظلمات الليل الطويل.. الثقيل.. البهيم.. الداكن.. الذي اعترانا واشتملنا بمناحيه.. ليل تحطمت على يديه قلوبنا وانكسرت فلم نعد نعرف غيره.. ليل باتت ظلمته مثل ظلمه الجاثي فوق رؤوسنا ونريد حراكا له فلا يتحرك.. ونريد إبعاده فلا نستطيع..

فهل نستطيع إزاحته.. ونتنفس صبحا مشرقا بعيدا.. ننتظره؟!

هل سيعود الفجر الغائب من بطن الآلام الهائلة المخيفة..؟! أم مات الفجر.. بعد أن حطم قلوب منتظريه.. فجراً بعد فجر..

ومع عطشه وشوقه وطول انتظاره.. لهذا الفجر القادم الذي يشدو به وينشده.. أشرقت على الدنيا بنيته.. تلك التي انتظرها مع زوجته انتظار (الفجر) .

هلوسة الوحدة

في الليل يدور هائما.. في الحجرة لا ينام.. يبقى على الدوام مستيقظا .. يتقلب بين أركان الغرفة متأرجحا متخبطا ذاهلا.. يستمع وينصت جيدا لأصوات مبهمة خافتة.. يتنامى لمسامعه إيقاع أصوات لتمتمات أغنية جريحة باكية.. يصحبها إيقاع نغمات ناي حزين.. يشعر بآهات ممطوطة وشكوى تتداخل مع أشواق حبيسة الكتمان..

يدور حائراً مرة أخرى بين جنبات الغرفة.. من أين يأتي الصوت.. هناك شيء ما ينتهك ثبات الأثاث.. يرى الدولاب تابوتا مستطيلا .. يصطفق في ضربات إيقاع المقبض.. تظهر ثيابه مبعثرة وصور زوجته وأولاده متناثرة على أطراف الرف.. بجانبها أوراق مهملة بها أشعار حزينة وخطابات أرسلتها زوجته التي تركها وارتحل منذ زمن.. كان قد قرأ تلك الخطابات مرات عديدة حتى حفظها.. اصطفافة درفة الدولاب تتناغم مع أرجل المقاعد التي تحتك بالبلاط فتصدر صوتا جنائزيا كئيبا..

المرآة الوحيدة في الغرفة مستندة على تل من الكراسات جلبها من المدرسة ليراجعها.. لازال يسمع أصواتا متقطعة مبهمة تشدو بأغنية حزينة.. حزن الغربة التي طالت أيامها ولياليها.. وحيدا بعيدا حزينا مفتقدا زوجته وأولاده.. ينشغل طوال النهار بالمدرسة والشرح وتلاميذ الخليج وزملائه وأصحاب المدارس الأثرياء في وطن غير وطنه وناس غير أهله.. وفي الليل حين يعود وحيدا يصاحب أثاث غرفته الذي يصدح كل ليلة بحزن الآهات والليالي الكئيبة ..

يستريب تماما حين يحدق في المرآة.. وجه من هذا ؟ يمسح عينيه الدامعتين بمنديل.. ترمش جفونه.. ترتخي كفاه واهنتان..

تواتيه فكرة.. يلتقط الفوطة.. يمسح المرآة بعناية ثم يطل فيها بانتباه.. يرى شبح وجه.. هنا.. أهو هو.. أم غيره؟! أخيرا يسمع صوت رأسه كبراد شاي مقلوب يستعر في النار.. وبعد أن يجد نفسه محاصرا وسط قطع الأثاث وكآبة الأغاني الحزينة.. تجابهه المرآة وترمقه وجها لوجه.. تتبعثر أحلامه وتتوه كل بارقة أمل في عودة قريبة بسبب غربته اللعينة ويختفي من عينيه كل ما هو مشرق في هذا العالم الكئيب.

أمي.. دموع مستترة

نعم حان الوداع .. قالتها وعيناها تمتلآن دموعاً مستترة خلف نظرات تلهفها على حبيبها الصغير، ذلك الذي يقف منكسرا أمامها، تبحث عيونه عن مهرب تفر إليه خوفا من امتزاج عيونها بعيونه...

إذ لن تلبث أن تنهمر معبرة عن الخوف من الرحيل القادم بعد ساعات.. رُبما يكون إلى غيب سحيق لا يعلم مداه هذا الفتى صاحب القلب الكبير فهو لا يتخيل أنه سيرحل عن هذا الدفء ولا يدري كم من المصاعب والمشاكل ستواجهه.. لن يجد خلالها صدراً حنوناً يركن إليه.. يلتفت يميناً، ثم يساراً، وللخلف لكن لا مفر .. في النهاية يعود لينظر لعيونها المغرورقة بالدموع..

تقرب رأسه الساخنة إلى صدرها، وتمسح عليها وعلى جسده قائلة:

نم صغيري هنا على صدري فلربما تكون هذه المرة الأخيرة التي أحتضنك، هدء من روعك، فهكذا هي الحياة ما هي إلا رحيل نعيشها رغم تيقننا السفر، فنحن جميعاً مسافرون، حقيقة مرة ننساها أو نتناسها لكنها في الأخير حقيقة كن مستعداً لها واجعلها نصب عينيك حتى لا تحزن.. لكنني أبكيك لحظة وداع أليمة قد حانت مسرعة..

تصبب عرقاً ألجمه عن الحديث .. لكنه احتضن صدرها بقوة كعريان في يوم قارس البرودة التحف غطاء صوفياً.. بدأ يهدأ بعد أن شعر بدموعها تتساقط على خده .. يا أماه أما زلت تبكين كلها أيام معدودة وتنسوني..

رسمت ابتسامة مملوءة بالدموع وقالت: أيعقل أن ينسى الإنسان روحه الذي يعيش بها؟! أينسى الإنسان عقله الذي يفكر به؟!

أيمكن أن ينسى الإنسان تاريخه .. إذا انتزعت منا الروح، وتاه العقل، وافتقدت الذاكرة.. هنا فقط يمكن أن تنسى الأم ابنها.. حاول أن تتذكر تلك الكلمات .. علقها على جبين صباحك قبل أن تخرج لعملك .. فنحن بانتظارك مهما طال الغياب وتعاقبت الأيام.. يطبع قبلة على جبينها ويخطو للوراء خطوات .. تترصده بكيانها.. يبتعد ويبتعد.. ثم يغيب عن عيونها.. ولا زالت نبرات صوتها تصدر صدى صوتاً مدوياً يملأ أجواء المكان حوله.. بل ويزلزل أركانه.. نعم حان الوداع..

ومضى يردد أعذب وأغلى كلمة بعدها: يا أمي.. يا أمي!
في يقظته وأحلامه: يا أمي.. أمي!
في ليله ونهاره: يا أمي .. يا أمي!
في حركته وسكونه: يا أمي .. يا أمي!
في أفراحه وأحزانه: يا أمي .. يا أمي!
وحده ومع الناس: يا أمي .. أمي!
وكأنها معه، نعم .. نعم إنها معه..

نداء

كان وجه صلاح هادئا مسترخيا لا يكسوه التوتر كعادته.. فبدا راضيا سمحا طيبا.. لاحظ زملاؤه تلك السكينة المرسومة على محياه.. فتيقنوا أن هنا سرا ما وراء هذا الهدوء والتغيير المفاجئ..

نادى عليه زميله الأستاذ ممدوح ساخرا.. ما بالك هادئا طيبا وقورا على غير عادتك .. تأتينا كل صباح ضاحكا مناكفا لكل من يقابلك.. هل الحكومة (يقصد زوجته) راضية عنك اليوم .. أعطتك قبلة الصباح قبل خروجك من المنزل.. ضحك جميع من في المكتب .. أما هو فابتسم لا مباليا وكأن الأمر لا يعنيه.. لم يعد يثور لهذه الأشياء التافهة كما كان يفعل من قبل.. يدفن وجهه في الأوراق الملقاة على مكتبه.. يخرج من درج المكتب أوراقا بيضاء ويشرع في إنهاء عمله في هدوء وسكينة على غير العادة..

يطلق الجميع الضحكات عالية مجلجلة في أرجاء المكان على النكات الباهتة المتكررة عن الأوضاع المعيشية الصعبة والحياة السياسية البائسة والأزمات الاقتصادية المتتالية .. يتجاهلهم ولا يرفع وجهه عن الأوراق التي يكتبها..

وسط هذا الهزار والاستخفاف وإطلاق النكات هنا وهناك.. يتعرض أحدهم للحديث عن وباء المرض المنتشر .. يصمتون.. تتوقف ضحكاتهم وسخريتهم.. يبتعدون عن الموضوع.. أما هو فيتملكه الخوف والغضب.. ولازال شاردا .. حائرا .. مهموما .. يفكر..

صوت ما ينطلق منذ الصباح في سراديب أعماقه البعيدة.. يناديه: يا صلاح .. عما قريب ستموت.. لا يندهش .. لا يفزع .. لا يتساءل .. لا يحتار.. لا يتأمل ويظل شاردا..

يوقن تماما أن الموت على البشر حق.. نعم ليس به مرض ويتمتع بصحة جيدة.. لكن من قال إن الوباء المنتشر لا يأتي للأصحاء.. نداء الموت قادم.. والأغرب أن هذا النداء صادف من نفس صلاح ارتياحا عميقا .. وكأنه كان يتوقعه أو ينتظره..

يا صلاح عما قريب ستموت.. يتغلغل الشعور باقتراب الموت في أعماقه.. يشعر بالألفة مع الصوت ويحبه.. يمتلئ كيانه بالإحساس بدنو الأجل.. تتغشاه السكينة ثم تجد الراحة طريقها إلى نفسه.. التي تحتاج للتغيير..

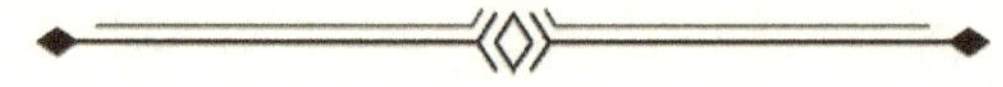

حضرة مولانا الشيخ

ازدهرت الحضرات وأينعت الليالي الدسمة المزدحمة بالمريدين وانتعشت الطريقة وذاع صيت شيخها فتنقل بين الأقاليم وعواصم المحافظات ليقود ليالي الذكر والموالد والاحتفالات وكلما انتقل إلى مكان سادت حالة من الفرحة الصامتة مع السكينة والوجوم على وجه الحاضرين والشيخ يحدثهم عن معجزاته وكراماته وبأن الرفاعي زاره في منامه وقلده عمته وزناره.. أشاع مريدوه أن سره باتع ولعابه يشفى كل سقيم وبأنه إذا ما مسح بإصبعه المبلل بلعابه على أي عضو مصاب أو محموم إلا شفاه الله ويسري هذا على السوائم والدواجن.. له رقية لقنها له الرفاعي في منامه إذا قرأها على بثرة أو حكة جلدية أو جرب إلا زال بقدرة قادر فلا يترك أثرا مهما صغر على المكان المصاب.. كان مما أشاعه مريدوه أيضا أنه ما تخلف يوما عن صلاة العشاء في مسجد الرفاعي بالمحروسة والاختلاء به في الضريح ساعات طويلة يتلقى عنه البركة ثم يشهد مع أهل قريته النائية صلاة الفجر.. يراه المصلون هنا وهناك ولا يعرف أحد كيف ذهب ولا متى عاد مع طول المسافة ومشقة السفر..

يوم المولد الكبير يصطف الناس كالبنيان المرصوص وعند الجامع يحملونه على الحصان ويحيطونه بالبيرق المعطر فيعتدل على صهوة الفرس كالبدر في عليائه .. تزغرد النساء.. تحمحم الخيول.. يفرح المريدون ويرقص الصبيان وترتفع الأصوات مهللة ومكبرة.. وفجأة يسقط الشيخ من فوق الحصان.. فتتعالى هتافات الأحباب المخلصين فرحين.. وأغاريد النساء الهائمات مهللات.. تزاحمت الجموع والتفوا حول الشيخ ليشاهدوا بعضا من تجلياته.. لا يدرون أن الشيخ انتابته غيبوبة سكر .. تدروش

وسقط لكنه هذه المرة خر مغشيا عليه لا يجد من يسعفه.. ولازالت الهتافات تتعالى والجموع تلتف حوله لتنال من بركاته .. ارتعشت الآهات فوق الشفاه ثم فرت هاربة داخل الحلوق وصمتت الأركان وجحظت العيون عندما أعلنوا خبر وفاته لم تسعفه كراماته ومعجزاته فوجم الحضور هذه المرة لكن بعدما علموا بوفاته..

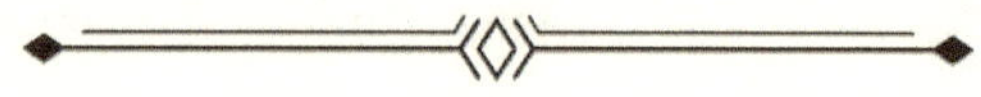

بين ألحان الطيور

يتهيأ ليستقبل صباحه المعتاد في تردد حين يفرد ثنية قدمه ليهبط.. ولكنها قبل أن تلامس أرض الغرفة يعود بها ثانية إلى فراشه..

يحاول النزول مرات متعددة فيفشل وينجح عالمه الجديد الذي رسمه خياله بريشة الجمال وبألوان الهدوء في أن يقذفه خارج المتطلبات المادية الثقيلة التي يريدها لينهي فترة الركود التي يعيشها ويجذبه إلى لوحة السعادة التي يتمناها وعروسه بجانبه بعيداً عن العيون التي ترقبهما فيشعر أنها تزجره ..تنهره.. تدعوه لينهي ما تبقى له من تجهيزات.. لكن من أين له أن ينهي؟!...

يسمع من بعيد صوت طيور النهار التي تخبره بانشطار فجر جديد وبدلا من أن توقظه تغوص به في أعماق جزيرته التي يسمع بها أيضاً صوت طيور لكنها غير هذه.. إنها تداعب الأغصان وهذه تداعب الأحزان.. تلك تجمعه بعروسه وهذه تلاطمه بأمواج المادة التي يريدها أهلها..

إن صوت طيور جنته يبقيه مع من يحب في المكان الذي يحب.. وصوت طيور دنيته يسمعه ويريه ما لا يحب.. ومن ثم يستسلم ويخلد إلى هناك حيث يسير معها في الجزيرة التي تنتظرهما .. إنها جزيرة الأمل.. تجري في ربوعها الأنهار الرقراقة العذبة التي لا تتوقف..

تحوطها الأشجار الكثيفة بحفيفها الموسيقى وتملأ أرضها الزهور اليانعة بوردها البلدي الجميل الذي يعشقه، يعلو سطحها القمر دائماً منيراً ليلته الصيفية التي يسير فيها مع مليكته على أنغام الطيور المغردة فرحة بهما بين أروقة تلك الجنة التي

أبدعت لهما يسيران ويسيران وحين يتعبا من المسير _ وإن كان لا يتعب أبداً _ يركنا إلى خيلهما..

يحمل حبيبته لتمطي صهوة فرستها البيضاء الممتلئة.. عليها سرجها الأنيق فتجلس توأم روحه بثوبها الأبيض المزركش بألوان الطيف تمر النسمات العاطرة لتأخذ معها شعرها الحريري المسترسل المفعم بالسواد الليلي وتعود به مرات ومرات وتشيح به من على وجهها القمري فيبدوا مكتملاً بعد أن فارقته السحاب..

وتخطو فرستها فتتمايل فوقها كأميرة حكمت فملكت القلوب لكنها علقت بقلب واحد هو قلبه الذي كان ينتفض مسرعاً حينما يراها فعلمت بذلك الهيام السحري فرمته بسهام عيونها الحالمة فأوقعته أسير سحرها الفياض وها هو يجاورها الركاب على صهوة حصانه الأسمر العملاق..

يتمايلان ويتمايلان يغنيان وينشدان أنشودة الحياة الهانئة الواعدة التي تنتظرهما عبر أرض هذه الجنة الخضراء التي ارتمت في أحضان الأنهار متباعدة عن القرى عن المدن عن الناس ....

وكأنها وجدت لهما.. لهما فقط.. وحين يمتطيا الخيول تسير بهما في موكب ملائكي ضخم تتبعهما الطيور بأنواعها والسماء بأشكالها والأشجار والورود والقمر والنجوم والبحار والأنهار حتى الليل والنهار يتوحدان ليصبحا معهما..

كل من على تلك البسيطة الخضراء يعزفون جميعاً لحناً أوبرالياً رائعاً يحوط جلال هذا الموكب ببنوراما متناسقة تصلح أن تسجل للتاريخ، بل هي بالفعل قد سكنت كهف التاريخ الذي لم يشهد مثل تلك اللوحة الفنية المتحركة التي شكلت على أرض الواقع من خلال جزيرتهما التي استقبلت تلك المراسم الكونية..

ويمضي مع أميرته تتبختر بهما الخيول متأرجحة فارحة وكأنها لم تحمل قبل غيرهما إلى أن تصل للآية المدهشة الأخرى اللؤلؤة المكنونة هناك في طرف الجزيرة حيث تتوهج من بعيد أطياف أنوار سور قصرهما.. يبرق.. ليضيئ الكون كله فيرى نوره العظيم من لا يرى.. تلمع أبوابه ونوافذه وزجاجه وستائره الحريرية .. فخم في رقة متناهية الإبداع الفني المعماري المتناسق يصل إليه الموكب وتقف الخيول ببابه..

يحمل أميرته من فوق فرستها ويؤدي كل من حضر العرس المهيب التحية قبل أن ينصرفوا ليدعوهما وقصرهما.. يرفع بصره إليها متباطئاً تاركاً وراء هذه النظرة مر السنين السابقة لزفافهما..

متمنياً أن يكون قد عوضها بهذا الاحتفال عن كل ما لاقته في سبيل انتظاره، وإذا بها تهبه ما كان ينتظره طوال حياته حين تعطيه يدها راضية باسمة خجلة .. يمس يدها.. يمسكها.. يقبض عليها بقوة الصعاب والآلام الماضية ..

يقدم يمناه.. وتقدم يمناها.. ويدخلا قصرهما..

ومن بعيد يسمع مرة أخرى أصوات الطيور، فيتقلب يميناً ثم يساراً .. يحاول أن يهبط. لكن يطيب له البقاء إلى أن داهمته قرعات الباب .. صاحبتها صرخات أخيه.. يوقظه كي لا يتأخر عن العمل ...

أحبك أيها المصري

زرعت أميرة مغربية الحياة في كل ما حولها بأدبها ولباقتها وأخلاقها العالية.. حبها ملأ قلوب كل من تعاملت معه .. صغيراً أو كبيراً.. رجلاً أو امرأة.. من داخل أسرتها الثرية وعائلتها المالكة أو من خارجها.. نثرت حبها وثقافتها وعلمها بين كل من التقته أو تعرفت به .

خرجت _كما تخرج دوما_ بلا حراسة ولا موكب، خرجت بطبيعتها الجذابة وحضورها المفرح لتتمشى في أرجاء مدينتها التاريخية العريقة التي تحمل عبق التراث القديم الذي تتنفسه هذه الأميرة المحبوبة بكل جوارحها، وكالعادة ملأت المكان سعادة وفرحة تخاطب هذا وتتكلم مع هذه.. تتجاذب أطراف الحديث مع البائع والسائح وكل من يمر بمكانها .

وعندما همت لتغادر الحديقة الشاسعة التي تتوسط مدينتها إذ بسيارة يقودها بأقصى سرعة شاب متهور مخالف للطريق بطريقة جنونية وعلى مسافة قريبة جدا منها وفي طريقه ليصيبها..

وفجأة ظهر شاب لا يبدو عليه أنه مغربي لكنه عربي الملامح.. ألقى بنفسه أمام تلك السيارة المجنونة لينقذ حياة الأميرة دون أن يعرفها. .

وأثناء إنقاذها أصيب إصابة بالغة أفقدته الوعي، ونقل إلى المستشفى وتعهدت الأميرة المحبوبة برعايته، وتكررت زيارتها له بشكل لافت.. وكانت تصر على الجلوس بجواره.. تنتظر أن يفيق من غيبوبته وتوصي كل من حوله بحسن معاملته لأن أمره يهمها .

وحين عادت له الحياة مرة أخرى كان وجهها أول ما شاهده.. وكأن القمر ترك مكانه في السماء ونزل ليجلس بجواره ويكون أول مستقبليه في هذا الكون ..

حدثها عن رحلته الطويلة وكم عانى من العذاب ليصل إلى هذه المدينة المغربية ليكمل رحلته إلى باقي أوروبا عن طريق إسبانيا ليلاقي أصدقاءه الذين سبقوه بالهجرة إلى هناك ليبحثوا عن مصدر رزق يوفر لهم أساسيات العيش والكرامة بعدما تعثر الحال بهم في بلدهم...

روى لها كيف كان يعيش بعيدا في إحدى قرى مصر بهدوء وراحة بال واطمئنان في منزل ريفي كبير يقع بين أحضان الحقول والزروع يعلّم أبناء القرية القراءة والكتابة ويحتضن الأيتام منهم على وجه الخصوص.. لكنه لم يجد ما يعينه من أموال ليجهز المكان ويؤهله لهذا العمل النبيل، فاستمع إلى نصيحة زملائه وحاول الهجرة، والله وحده يعلم نبل مقصده، ليعين أهل قريته وأبناءهم ويواصل بناء وتجهيز هذا المشروع .. وحلم حياته أن يكتمل.

حدثها كثيراً عن كل شبر في أرض قريته الجميلة الهادئة التي تحيطها الأشجار والثمار والحدائق الغناء وأهلها الطيبين الذين لا يعرفون إلا أرضهم التي ينعمون في خيرها وينامون هادئين في ظل أمنها.. ما جعل أميرته تعيش بكل وجدانها في قريته وازدادت شوقاً لرؤيتها بعد أن كرر مراراً وصف جمالها وموقعها الهادئ .

كما أخبرها عن قلبه الذي تركه هناك مع أمه وأبيه ومدى اشتياقه لهما .. وكيف اتخذ هذه الخطوة الصعبة وأقدم على تركهما ليحقق حلمه وحلمهما أيضا في الاهتمام بالأيتام من أبناء قريته الطيبين .

اشتد تعلق الأميرة به ليس لكونه أنقذها فقط.. بل لهذا الصدق الذي يتدفق من بين شفتيه فيجري كنهر جارف يفقدها توازنها بكل ما حولها.. تسمع وتستمع لما يرويه.. فتنسى أسرتها ومكانتها وتقضي معظم وقتها معه لتهرب هي الأخرى من الواقع الأليم الذي ينتظرها...

ثم تعود لتروي لأمها في القصر عنه.. فتزجرها الأم.. وتذكرها بخطيبها الأمير ذو الوجاهة والسلطان صاحب القرار والعزم والحزم ومستقبل أبيها وعائلتها كلها أن تسرب خبر إعجابها وحبها لهذا المهاجر الشاب.

تتوسل إلى أمها كي تتركها من هذا الحديث الذي ترفضه.. مؤكدة أنها لن تتزوج هذا الأمير.. لأنه لا يمكن أن يضحي أبداً بحياته من أجلها، ثم سألتها: يا أمي هل يمكن أن يضحي أبي بحياته من أجلك؟! فتجيبها: يا بنيتي إن مشاعر الرجال تختلف، وإن الرجل لا يمكن أن يهب لامرأته أبداً كل كيانه كما نفعل نحن .

فترد عليها: لكنني يا أمي وجدته.. وجدت من هو على استعداد تام ليضحي بحياته من أجلي ولن أتركه مهما يحدث بعد الآن.

يا ويح الحب..! الذي لا يعرف الأمكنة والأزمنة والجنسيات أو الفوارق الاجتماعية أو الطبقية.. إنها بالفعل بدأت تترك كل شيء من أجله... الاستقرار والأهل والحياة الملكية.. لتصحبه في كل مكان وتعيش بكيانها الكامل معه.. وأخبرته بالكلمة التي غيرت حياتهما معاً.. قالت: (أحبك.. أيها المصري) وصمتت طويلاً.. فاهتز الكون حوله.. فلم يعد يدري من هو؟!..أو أين هو؟! وهل هو.. هو؟! كل ما يعرفه أنه نسي العالم كله من أجلها.. ووعدها بأن لو كانت له ألف حياة لما تردد للحظة واحدة في أن يهبهم جميعاً لحمايتها والاعتناء بها...

لكن.. لم تدم سعادته طويلاً (كحظه العاثر دوما) وللأسى والأسف كانت أيام سعادته أقصر بكثير مما يظن...

إذ حينما علم الأمير الذي يحاول خطبتها بالأمر أقسم على ألاّ يجعلها ترى هذا المهاجر بعد اليوم.. وكان هذا أمر هين بالنسبة لنفوذه وسلطانه.. ولم يكتف باعتقاله بل أمر بإحراق كل أوراقه الثبوتية ليبقى متنقلاً من سجن إلى آخر لا يعلم أحد عن هويته مهما كان .

وأعلن الخبر في كل الصحف ووسائل الإعلام من أجل أن يصل إلى الأميرة (ألقت السلطات المغربية القبض على شاب مصري حاول التسلل إلى اسبانيا وفي أثناء ترحيله وقع له حادث أليم.. ومات) .

صعقها الخبر الذي لم تصدقه وبحثت عنه في كل مكان حاولت مراراً وتكراراً أن تجده واستخدمت من أجل ذلك كل وسائلها لكنها لم تفلح في معرفة أي خبر عنه.

واستسلمت لخبر موت حبيبها.. لكنها لم تنهار.. بل قررت أن تبدأ مواصلة حياة جديدة معه بعد موته لكن بطريقة أخرى..

فلقد هاجرت هي هذه المرة بدلاً منه إلى مصر وأخذت معها من مالها ما يكفيها لتحقيق حلمه في قريته وتركت أهلها وبلدها ورحلت إلى مصر وبحثت عن قريته وحين وصلت تلمست بنفسها صدق كل حرف قاله من كلماته التي لازالت تسمعها في أذنها.. وجدت جمال الطبيعة الساحرة التي تلف قريته ورأت الأطفال الأيتام لازالوا يذهبون إلى البيت يلتفون حول هذا الشيخ الوقور .. ووجدت أمه تعد لهم ما تيسر من طعام رغم كبر سنها.

تماسكت الأميرة مرة أخرى وصارحتهم بقصتها.. وتعاهدت أن تقضي ما تبقى من عمرها في رعايتهم وتطوير هذا الحلم الجميل الذي جمعهم .

ماتت الأم وبعد فترة قصيرة تبعها الأب... وأصبحت الأميرة وحدها تدير هذا المشروع الاجتماعي الكبير الذي اشتهر في المنطقة بأسرها وليس في القرية فقط..

وانفرط عقد الأعوام.. عاماً تلاه عام.. ووهبت الأميرة الكبيرة نفسها لهذا الحلم الذي أصبح حقيقة يشيد بنجاحه الجميع.
وفي يوم _ آخر_ من الأيام جاءت إلى هذا المكان محامية مغربية شابة تعمل في هيئة حقوق الإنسان بحثت كثيراً عن المكان وأصحابه إلى أن وجدته، وعندما علمت بما حدث والتقت الأميرة انهارت باكية لم تستطع استيعاب ما يحدث وأغمى عليها من هول ما وجدت. وحين أفاقت سألتها الأميرة: من تكونين؟! .
أجابتها وهي لا تتمالك نفسها من شدة البكاء: إن الشخص الذي وهبت حياتك من أجله لم يمت، هو في أحد سجون المغرب.. أثناء قيامي بعملي في المرور على السجون لأتفقد أحوال من فيها وجدت شخصاً لا تعرف هويته تحدثت معه... وعندما شعرت بصدق كلامه معي أقسمت بالله ثم بشرف مهنتي أن لا أدعه حتى أثبت هويته التي انتزعوها منه في السجون المغربية، وجئت هنا من أجل الحصول على أوراقه الرسمية لأعيده لأهله بعد أن صارحني بقصته الطويلة معك.. لكن لا أنا ولا هو نعرف شيئاً عنك ولا نعرف أين أنت؟! ألأنت هنا.. جئت هنا لتحقّقي أحلامكما التي تعاهدتما عليها.. يا له من حب .. يا له من قدر!
هذه المرة الأميرة الصامدة هي من أغمي عليها.. وانهارت برغم تماسكها المعهود _ وانفجرت دموعها أنهاراً.. يا لهول الموقف.. يا لصعوبته.. يا لقساوته.. يالسعادته.. يا لحزنه وفرحه وغرابته...
إنه القدر الذي فرقهما.. ثم جمعهما بعد أن اصطحبتها المحامية إلى الأراضي المغربية لتلتقي حبيبها بعد عشرين عاماً من فقده!
وها هو يقبع في أركان أحد السجون يكسو الشعر الأبيض رأسه.. منتظراً لحظة الخلاص على يدي محاميته الشابة.. متعوداً على ألم الانتظار الذي لا ينتهي.. لكنه في هذا التوقيت يشعر بإحساس مختلف يسري في أنحاء جسده كله ويعود به إلى

نوع ما من السعادة التي نسيها تماما ولم يعد يعرف لها معنى على الإطلاق.
وبعد هذه الرحلة العجيبة.. التقيا..!
لكن هل يمكننا أن نصف لحظات لقائهما...؟! حقاً.. يا لصعوبة وهول اللقاء... لا .. لا ليس علينا أن نصفه .. بل علينا فقط أن نتركهما يعيشا بسلام .

توريث!

بدأ يخطو للوراء خطوة تتلوها خطوة أخرى، متجها إلى باب القاعة عبر ممر طويل.. يراه طول الدهر.. وتتثاقل خطواته المتتابعة وكأنه يخلص قدميه فيها من وحل الفساد الذي استشرى واستفحل وأصبحت رائحته تخنق أصحاب الحقوق والكادحين من أبناء الوطن.

وتبقت خطوات معدودة لكنها صعبة وثقيلة أثقل من الجبال، قبل أن يصل إلى نهاية الممر الطويل الكئيب الذي يراه لا ينتهي..

وحين هم ليخرج تنامت إلى أذنيه الكلمة التي تمنى أن يسمعها.. انطلقت من فم هذا المسئول الكبير لتعانقها جوارحه.. فالتفت إليه مترقبا..

انتظر.. كل أوراقك وشهاداتك مكتملة.. لكن!

أيمكنك أن تصبح "مأذون" تعقد الزواج لأهل قريتك في ظل وجود شيخكم الكبير صاحب الخبرة الطويلة والحكمة البالغة..

يا سيدي.. لقد تخطى الثمانين من عمره، وأصبحت تحركاته قليلة.. وابنه هو من يقوم بكافة إجراءات النكاح بدلا عنه.. وأهل القرية يعلمون ذلك جيدا، وهو يضع اسمه فقط على العقود، يصاحبها ختمه العتيد.. لتعتمدوها..

وفي خزي كبير.. يجيبه المسئول الكبير .. متخفيا خلف عدسات نظارته السميكة ومتشاغلا بأوراقه العديدة:

بالفعل لقد اعتمدنا ابنه ليصبح " مأذون " القرية بدلا عنه.

لحظتها بدت أحلامه تتساقط أمام عينيه وكأنها تتهاوى منذ آلاف السنين لترتطم بهذا الواقع الأليم.. وتجمدت دموعه بعد أن توسل إليها ألا تنسكب .. واختفت حروفه ولم يعد يعرف لها مخرجا..

وتاه عن الكون كله لثوان معدودة..

لكنه عاد واستفاق، واستدار إلى الباب الخشبي المزخرف بقطع نحاسية عديدة إحداها المقبض الذي انتزعه بقسوة الموقف واستجمع قوته التائهة ليفتحه بقوة ، وانطلق ليستنشق هواء وطنه الحر.

لا .. لن يموت القمر

يرتكن إلى الليل بثقله وهمومه وآهاته.. وإلى السكون بصفير رياحه وزئير وحوشه ونعيق بومه.. وإلى المساحات الشاسعة من رمال تشبه دقائقه السابقة، وصحاري قافرة وصخور طاحنة.. وإلى بقايا هياكل لمركبة فارهة وأوان فارغة .. وإلى أجساد بلا روح فلقد خرجت بعد أن صارعت للبقاء طويلا..

لم يتبق إلا هو.. وليس هو.. إنما هي أنفاسه المعدودة التي يزفرها لا ينتظر الشهيق.. يزحف فوق الرمال الساخنة متهالك لا يقوى على النهوض.. وإن كان ذلك أمر يهون.. جائع أمعاؤه تتآكل .. ويحتمل.. يبصر قليلا ببقايا عينيه ولا يبالي ..

لكن أن يتجمد لسانه ملتصقا بفمه لا يقدر أن يحركه بعد أن تحجر من شدة العطش فذلك ما يدعوه ليرتقب مصيره القادم كبقية من كانوا معه في سيارة العودة التي انقلبت بهم في طريقهم للديار وهي تعبر صحراء الخليج الملتهبة التي لا تنتهي مراميها الشاسعة.. فلقد رأى رايات الضياع المرتفعة وسمع دقات طبول الغرق في بحر الرمال قد قاربت على الانتهاء إلى المصير الذي لم يخطر لأحدهم ببال .. يتطلع إلى السماء .. يرمقها بنظرة حانية.. انسلت من حضن العذاب والألم.. لا أمل .. لا أمل.. إلا في رحمتك يا رحمن يا رحيم..

هكذا عبرت نظرته حين استوت حروف تلك العبارة.. مع آهات جراحه الهامدة.. وجسده الذي كان جسدا.. يناجي رب الكون عله ينجيه من الموت .. المتكرر .. البطيء .. الثقيل، ثقل الأهوال السابقة في عالم الغيب السحيق.. الذي رآه يسحق الحقيقة ويودعها درك هذا الخيال المخيف ..

فلكم تمنى أن يكون الخيال خيالا آخر .. عذبا رائعا.. مع من تنتظره.. هناك حيث الحياة التي ينشدها .. ويشدو بألحانها .. ينشرح صدره منبسطا بالسعادة القادمة مع عروسه الذي وعدها بأن لا يتوه في بحر الفراق بعد أن تلتقي الأشطر.. وتتوحد النبضات والكلمات والأرواح والأجساد.. تنير بوحدتها شموعا لا تنطفئ وشمسا لا تغيب.. وقمر لا يرحل.. لا يرحل.. يبقى إلى الأبد .. وعدها بأن تكون رحلته في غربته .. آخر عهده بالرحيل بعيدا عنها .. فلا نبض فوقة جمرات الشوق وحياته المرتحلة على الدوام.. وعدها بأنه سيعيش معها في واحة القمر.. كان قد قال لها .. لا لتنقل عبر مركبة السفر.. لا للوعود الكاذبة فوق جدران النصب.. لا للمحال .. سنصالح الأحزان .. وتلتئم الجراح.. وتذوب الآهات ويسكن الألم.. سنعاود الركض خلف الضياء الليلي .. ونسبق القمر ونلتحف السحاب.. ونتخطى الحواجز والجبال ونعبر فوق عثرات المحن.. ويستحيل للبحر أو للنهر أو حتى للأرض أن توقف سير التقدم نحو اللقاء المرتقب..

لم يكن يعلم أن سير التقدم سيقف هنا حين هم ليعود...

يعود لها.. فيخبرها بما كابده من سقم الرحيل حتى يحقق حلمهما المنتظر .. ويؤنس وحدة السهر .. يمحق حزنها ويلبسها ثوب الفرح..

وحينما قارب مجيئه.. توقفت عن عدها لنجوم ليالي بعده عنها .. وغدت لتنتظر رجلها القادم منذ أن يتسلل الليل إلى أن ينشق الجر.. ومنذ أن يتنفس الصبح إلى أن ينصرم النهار.. كي تتفتح أزهارها.. ويتحقق حلمها ويزول ليلها الطويل ويغمرها الدفء والحنان عند عودته.. لكنه لا يعود..

تناجيه .. تناديه.. تستصرخه ليأتي.. فلا يأتي

فهل تدري ما يحدث له هنا الآن.. وهو في طريق عودته لها..؟!

أتدري أنه قد صمت الكلام .. وجف السؤال .. وغادر الحلم إلى المحال.. ومات القمر.. وسقطت أساطيل النجوم وبكت زخات المطر.. وارتدت حبات الرمال ثوب الحداد.. الأسود..؟!

لكنه .. وبكل ما يحمله من آهات محتبسة في أنفاسه المتبقية .. تمنى من أعماق أعماقه أن لا يكون ذلك.. ليتركها هادئة البال .. مطمئنة الحال.. طيبة السريرة..

رغم أن هذه الأنفاس آخر ما أصبح يمتلك من الحياة.. الحياة التي عاد نغم عبيرها مع صوت محرك لمركبة قادمة.. فازداد أملها في نورها.. كلمات اقترب.. إلى ما تبقى من مسمعه صوت المحرك .. الذي يعلو ثم يرتفع .. يرتفع.. وإذا بمقربة منه تنطلق سيارة مسرعة.. فيشير بيده المتهالكة.. لكن .. لا أحد يراه.. وتنقطع العلائق المتبقية من حبال آماله..

يخلد في انتظار النهاية.. ومن جديد يظهر نور الفجر.. فيسدل الستار على راع بدوي يمر بغنيماته ..عليه..

تحرش

مشغولة بتجهيز ندوات ومحاضرات تلقيها لطالباتها عن التحرش وضرورة محاربته وفضح كل متحرش تسول له نفسه أن يقدم على فعلته الخبيثة بإحداهن..

تقرأ.. تكتب.. تدرس.. تستمع للعديد من المشاكل على هاتفها المحمول طوال وقتها..

ذات صباح انتظرت السائق أمام بوابة بيتها.. فوقف بسيارته أمامها وهي مشغولة كالعادة بسماعات الهاتف في أذنيها..

قفزت إلى السيارة في الكرسي الأمامي دون أن تدري... وضع السائق يده على يدها مبتسماً.. للحظة ظنت أنها ملامسة غير مقصودة .. لكنه كررها..

لم يجرؤ أحد على التحرش بها من قبل.. فهي أستاذة جامعية ومحاضرة مرموقة..

ظلت تفكر.. أتصمت خوفاً من الفضيحة..؟!

أم تأخذ حقها وتلقنه درساً لا ينساه.. كما تعلم طالباتها؟!

هواجس متضاربة راودتها في لحظة رهيبة قاسية.. وما كان منها

إلا أن أمسكت حقيبتها وضربت يد السائق بكل ما أؤتيت من قوة.. قائلة:

الزم حدودك أيها المتحرش الواطي.. أنت ما تعرفش أنا مين؟!

فما كان من السائق إلا أن سدد لها لكمة قوية.. قائلا:

أنا محمود زوجك أيتها المجنونة.. فوقي من الهوس اللي انت فيه ليل نهار..

وجذب سماعات الهاتف من أذنيها.. ورماها خارج نافذة السيارة.. قائلا:
المرة القادمة..هايكون هاتفك وانت معاه.. وانطلق ليوصلها..

ينازع وحده

يقبل أقدام " الفراق " ليتركه .. يحيا في بلاد الثراء كالبقية الباقية ينعم بالمركبات الفارهة.. والقصور.. والجواري الحسان.. وفواكه الجنان ..

لكن الجرح الغائر قد انتهى بجفاف الشريان الذي انقطع منذ الوهلة الأولى للخبر المفجع الذي صدمه صدمة الصخر حين يفاجئ الزجاج .. يصرخ .. تتابع صرخاته .. لا للتنفس .. لا للسمع .. لا للبصر .. لا لنبضات القلب .. لا للحياة؛ فلقد غارت بها الصدمة في جب سحيق .. لا يعلم إن كان ثانية سيسمع .. سيبصر .. سينبض .. نبض الحياة مرة أخرى ..

صدم وأي صدمة! رصاص اخترق جسده وأي رصاص! دوامة أدارته بين رحاها وأي دوامة! أي صاعقة بعد تلك الصاعقة .. أي قسوة بعد تلك القسوة التي انتزعته من الحياة وأسكنته الأعماق المكفهرة بالموت القادم من بطن العذاب والألم .. لا يعترض على الموت .. حاشاه .. هو مؤمن به أيما إيمان . لكن خبر موت أبيه أتاه وهو في الغربة مشلول الحركة والتفكير .. لا يستطيع الكلام .. لا يستطيع الذهاب . لن يلقي نظرة وداع أخيرة على حبيبه.. لن يقبله .. لن يتشبث برفاته .. لن يعطيه التحية حين الانزلاق نحو التراب .. فقط سيبكي ..

ليته بين من يحبونه .. ليخففوا عنه وطأة الخبر الصاعقة .. إنه وحيداً فريداً وسط غابة موحشة في صحراء قاحلة .. بعيداً عن التآلف .. عن الرحمة .. سينازع وحده .. سيفقد طعم الحياة وحده.. ستنتهي أحلامه.. وتدمر أمنياته وحده .. سيقتلع قلبه .. وحده..

نعم وحيداً سيواجه المصير .. وحيداً ستفتك به الصاعقة .. لن يجد من يحنو عليه .. من يمسح رأسه .. من يرتمي على صدره ويبكي .. من يجفف دموعه .. فالموت أصبح عنده متعدداً .. اختطف أحب الناس إليه .. وها هو يتخاطفه .. حين يفقد روحه .. وتجف شرايينه .. وينطفئ نور بصره .. وتتوقف نبضاته .. وتشل أعضاؤه .. وتتساقط الواحدة تردفها الأخرى .. إلى أن انتصب عوداً يابساً .. بين صحراء جدباء .. وسط صخور صماء.. ورياح تصفر .. تعلن فقط عن الدمار وعن الضياع المقبل..

نزيف الملامح

يطيل النظر إلى المرآة ليطالع تفاصيل ما تكون تحت عينيه من اخضرار يميل إلى السواد؛ تتسرب سنوات عمره مع ملامحه النازفة.. لا يدري من يعاتب السهر أم القلق.. الزمن أم الأحزان؟!
يواصل التحديق في المرآة ويتعجب.. الشعيرات البيضاء تتكاثر على جانبي رأسه.. أيقظت في أعماقه شعورا حزينا بعدد ما انقضى من سنوات عمره..
لقد وضع أقدامه على سلم الأربعين دون أين يدري.. كانت السنوات تتوالى كأنما يسرقها الزمن.. نهض من مكانه مكذبا المرآة.. أحضر شهادة ميلاده.. أطال التحديق فيها .. لم يجد أي منفذ للنجاة.. بدت الأرقام واضحة مضيئة تخرج لسانها وتتحداه.. لقد ودعت العام الثالث والأربعين قبل أيام قليلة.. نهر الأرقام بصوت عال.. كم أربعين عاماً أخرى قد تبقت..
راجع نفسه قليلا.. من قال إن العمر يحسب بالأعوام ومرور السنين.. ألم يعش جده لأمه حتى تجاوز المائة عام.. وفي العام الماضي حطمت سيارة مسرعة جارهم الشاب عسران في عمر الثلاثين..
خصلات الشعر الأبيض تنتثر وتجاعيد البشرة تتمادى.. يا لتلك المرآة التي تأخذه إلى عالم متوتر مفعم بالحقيقة.. حاول جاهداً أن يبتعد عنها ليهرب من الواقع الصادم..
ماذا جرى له.. إنه ليس غريبا عن المرآة فهو ينظر إليها كل يوم.. يصفف شعره.. يحلق لحيته.. يضبط ربطة عنقه.. فماذا حدث.. لا يدري؟!
كل ما يدركه أنه اكتشف غربة الملامح في تقاسيم وجه وبين خصلات شعره الأبيض.. انقضت الأعوام وهو في غربة مطلقة..

تائه حائر غائب عن الحقيقة.. حقيقة الموت الذي يقترب .. أي غفلة كان يعيش فيها.. أي غربة اختطفته لسنوات.. أي عبرة حملته تلك المرآة الحكيمة التي تتحدث بلغة فلسفية عميقة تختصر آلاف الكلمات في سؤال واحد.. ماذا بعد؟ سنوات عمرك تتسرب والأيام تمر.. ماذا تنتظر؟.. ضاقت الحجرة بهذا السؤال المحير.. وضاقت معها أنفاسه حتى تركها وخرج..

اختلط بالناس.. تأمل وجوههم وهم يسيرون إلى جواره في الشارع.. لحظات وتعالت أصوات المآذن.. أحس كأنما روحه قد استيقظت من سبات عميق.. دخل مع جموع المصليين إلى المسجد وكأنه يرى الحياة لأول مرة..

الناس بين قائم وراكع وساجد.. هناك من ينتظر الصلاة بين مسبح ومستغفر.. ورافعا كفيه إلى السماء مبتهلا بالدعاء.. حدق فيهم جميعا باطمئنان.. شعر أنه أمام مرآة جديدة صادقة ..لم يعد غريبا حائرا بعد الآن...

رحلة اليقين

احتاجت لمركبة تحملها خارج إطار تلك القاعة التي تضج بهجة وصخبا.. مصحوبة بمرح أطفال.. تعلو وجوههم السعادة والسرور..
مركبة من نوع جديد تحمل عقلها الباطن الذي يتحرك خارجاً عن صمته سارداً رحلتها العجيبة التي بدأتها في الرابعة عشرة من عمرها حتى وقفت هنا سيدة الحفل..
بحثت وبحثت ألقت ببصرها تجاه زجاج النافذة المرتفعة حيث سكون الليل الذي يخفي أشجارًا عالية خلفه، تأملت الليل مليا، ونسجت من خيوط خيالها تلك المركبة التي أرهقت في البحث عنها ..
سافر عقلها الباطن بها إلى الرابعة عشرة حيث تمردها على والديها بسبب حياتهما الصاخبة التائهة فهما لا يعرفان ربا ولا يعترفان بدين حفلات وخمور وتوهان ضياع في ضياع سئمته وسئمت حياتها كلها قررت الرحيل ليس إلى العالم الآخر بل إلى دين يحترم آدميتها وعقلها الذي ترى أنه قد حان اكتمال نضجه.
لم تتردد في اعتناق المسيحية أشهر الديانات في مجتمعها، عملت لها بكل إخلاص، وأعلنت تمسكها بالقيم والأخلاق والمبادئ الربانية وانتمت إلى طائفة البروتستانت؛ لكنها وجدت حولها أحداثا غريبة بعيدة عن المثل التي تحلم بها، وقفت مع نفسها ليس ذلك ما أردت أين العفاف؟! أين الروحانية التي يظهرونها أمام الناس؟! إنهم لا يحملون من النصرانية غير اسمها.
تخاطبها النساء بالقاعة عن احترامها ووقارها وأخلاقها الطيبة وفستان عرسها الجميل ترد عليهم بلسانها لكن عقلها الباطن

يواصل سباحته بمركبة الخيال في ذكرياتها حيث انتقلت إلى طائفة (الباتيست) علها تجد فيها ما لم تجده عند غيرها لكنها لم تر جديدا،فالاضطراب واضح والعبث بعقول الآخرين أبرز صفاتهم..

أنا تائهة!

غارقة في بحر من الشبهات..

لابد لي من حياة جديدة أتقرب بها إلى ربي الذي عرفته بعقلي وأحببته بقلبي..

قررت الرحيل مرة أخرى لكن هذه المرة إلى أفريقيا بعد أن سمعت عن نشاط المبشرين هناك وبالفعل مارست حياتي الكنسية عمليا بين أطفال أفريقيا..

لكن لازال بداخلي شيء ما عن عيسى الإله وكونه في الوقت نفسه ابنا وعقيدة التثليث الشائكة وهل الإله يحتاج فعلا لوسيط ليغفر لنا الذنوب؟!

تساؤلات حائرة خالجت نفسي لكنها لم تتعداها..

أصبحت أعمل مع الأطفال الأفارقة ليل نهار حتى أصل إلى الكمال الروحي، رغم حيرتي هذه إلى أن هداني ربي وتعرفت على هذا الزوج..

وتوقفت بالذاكرة .. لتملأ عيناها بشخص يقف بجوارها، تظهر عليه علامات العفاف والاعتزاز والثقة بالنفس والشموخ.. يلتف الناس حول ليهنؤوه بعرسه ويرد عليهم بكل الحب والترحاب والتواضع..

لم أتخيل يوماً أني سأقابل في حياتي مثله في قوة إيمانه بمعتقداته وأفكاره، عقيدته قوية كالجبال في صلابتها .. يعرف طريقه جيدا يتجه نحو هدفه كالبرق ينطلق من قاعدة راسخة..

لا تردد.. لا اضطراب.. لا حيرة..

يتنقل بين القرى بزيه الأزهري باعثا الاستقرار والراحة والهدوء في نفس من يخاطبه

أدهشني بعباراته البسيطة الساحرة حين التقيته عند المدرسة القريبة من تلك القاعة لهدف واحد فهو يعلم الأطفال ويدعوهم للإسلام.. وأدعوهم أنا للنصرانية.. أستفسر منه من هو ؟ وماذا يريد؟!

يوقظ بداخلي تساؤلاتي النائمة، يقنعني أنه على حق، أصغي إليه بكل جوارحي، أثق بعمق كلماته وبنظراته.. لكنه لم يدعوني مرة واحدة لاعتناق دينه ولو بكلمات قليلة.. بل دعاني بسلوكه وقيمه واعتزازه بدينه..

نتفق على الزواج وها نحن ننتظر المأذون لكن هاتف ما هناك يخالج نفسي يدعوني لاتخاذ قرار .. والآن..

تتناول الميكروفون.. ينصت الحضور لكلماتها .. ثمة شيء مهم قبل عقد القران أود أن ألقيه على مسامعكم.. أشهد أن لا إله إلا الله وأشهد أن محمدا رسول الله وأن عيسى عبده ورسوله... رضيت بالله ربا وبالإسلام دينا وبمحمد صلى الله عليه وسلم نبيا ورسولا..

انسلاخ..!

تهاوت ظلمات الليل تترا .. وادلهمت خطوب الآهات صمتا.. وتشرذمت المعاني فرقا.. وبات القلب ينعي وحشة المكان.. يتلمس النهار.. يتحسس الفجر.. انشقاق الصبح.. لكن الخيوط الصماء السوداء تكالبت وتجمعت واستأسدت عليه.. لتتركه قطعاً متناثرة..

فيسارع اللسان منادياً بقية الأعضاء ليأتلفوا، لكن اليد اليمنى انشقت حالفتها القدم اليسرى.. وصارت القدم اليمنى مع اليد اليسرى في حال سبيلهما..

وهكذا تناثرت الأعضاء واختلفت، وبات القلب المكلم يئن.. ينزف.. يستغيث.. يستصرخهم ليتماسكوا قبل الانهيار.. لكن غالبية الأعضاء أبت إلا النفور..

- ألا تمثلون جسداً واحداً .. لماذا تتفرقون .. إذا تفرقتم إرباً، فمن سيحملني لأحيا؟!

- ألا تصل العروق الممتلئة بالدماء بينكم .. ألا تتدفق في أركانكم؟!

- الحزن والألم.. السعادة والفرح.. الراحة والتعب.. الهدوء والغضب.. ألا تشعرون بهم سوياً؟!

- الفراق يقتلع جذوركم.. اقتربوا لا تبتعدوا.. نبضاتي كادت تتوقف.. ولم أعد أملك سوى أنفاس الاستغاثة هذه!

واسترخى القلب الحزين بعد هذه الصرخات ينتظر الموت..

وأثناء ذلك أنصت لسماسرة (تجارة الأعضاء) يتقاسمون جسده الممدد ... القابع بلا حراك.....

لقد نهبوا خيرات هذا الجسد من قبل .. صادروا ممتلكاته.. وابتلعوا استحقاقاته..

وجاء اليوم الذي يقتسمون فيه أعضاءه.. إذن فلتصمتوا أيها المتصايحون.. فالدور آت لا محالة على ألسنتكم.. ولتتوقفي يا نبضات القلب.. فإن نبضك لم يعد يجد نفعاً وصرخاتك ذهبت أدراج الرياح.. وهانت على الأعضاء أنفسهم، فهانوا كذلك على سالخيهم!

وتعمقت جروح القلب الدامي.. وتراخت عضلاته أكثر وأكثر في انتظار الموت الذي لا يأتي.. أبداً لا يأتي..

إن الموت لا يخطئ طريقه.. فماذا حدث له هذه المرة؟! ألا يريد أن ينهي عذاب هذه الأعضاء التي انسلخت وتشرذمت وسال دمها أنهارا حمراء.. ينجرف في طريقها كل كائن يريد أن يحيا فوق بساط الحرية، والكرامة التي تبعثرت مع الأعضاء واندثرت في ثنايا الآهات حين مزقت هذا القلب المفطر.. وكان انفطاره حزناً على الأرواح التي تركت أجسادها.. وارتحلت(لا بل رحل بها الافتراق) فماذا تبقى بعدئذ للأنفاس كي تستنشق ـ مرة أخرى ـ الهواء.. وتزفره..

يا لها من أهوال تتراءى أمام هذا القلب المكلوم.. الممدد لا يستطيع حراكاً ولا طاقة له ليدافع عن بنية الأعضاء التي تتهاوى أمامه لحظة بعد أخرى..

أجل إنها لحظات.. ليس ساعات ولا أياما ولا شهور، فقط لحظات ودقائق سوف تختطف ما تبقى من هذه (البنية) التي كانت يوماً ما قوة .. جبارة .. هائلة .. مخيفة، يتعجب لفتوتها أقوى الأقوياء..

ورغم أن بقية الأعضاء لم تصمت.. بل أدانت التفرقة، وشجبت الاختلاف، واستنكرت الاندثار، واستهجنت التشرذم والانسلاخ..! وأعلنت ـ بكل صرامة ووضوح ـ أنها مع التآلف والتآخي والتحام والتئام الجراح.. ولا رجعة عن ذلك ولا استسلام..

وبعد أن استجمع القلب الجريح خيوط هذه الحقائق، وتجلت ملحمة استبسال الأعضاء هذه أمامه، اطمأن .. واستراح .. واسترخى!

وتوقف، لم يعد يئن.. أو ينزف.. أو يستغيث ..أو يستصرخ.. وصمد.. وصمت ..ثم انتظر.. وانتظر..!

خيال

كانت خطواته المعدودة تنتهي هنا قبالة النافذة، وها هي تقتفي أثر خطواته لتقف حائرة تنتظره بدموعها، وحين عاد...عادت معه حياتها التي افتقدتها أثناء بعده عنها؛ وطفت بفرحتها فوق بساط الكون لتحتضنه، واستيقظت مرة أخرى وهي تعانق الهواء حين تمايلت ستائر النافذة على وجنتيها.. ولم تجده..

مكابح

ملخص ما رأيته في منامي بعد أحداث مطولة:
أن رجلاً تبدو عليه علامات الحدة والصرامة.. تهابه من الوهلة الأولى..
طويلاً ذا جسد متناسق.. أنيقاً يرتدي بدلة سمراء متكاملة..
حازماً في كلماته المعدودة.. حاداً في نظراته المتتابعة نحوي.. لا أشعر تجاهه
بالخوف ولا بالود..
يقف بجوار سيارتي.. ويطلب مني بلطف أن أترجل منها..
بصرت خلفه العديد من الرجال الذين يشبهونه.. لكنني لا أرى جيداً غيره..
ينحني بثقة ليلقي نظرة خاطفة داخلها.. ثم يعود لوقفته المعتدلة..
يوجه لي سؤالاً واحداً .. ويمضي:
كيف تقود هذه السيارة طوال الفترة الماضية.. دون مكابح؟!
انتابتني حالة لا توصف من الهلع والخوف والرعب..
واستيقظت.. أدور كالمجنون حولها!

حين يمتنع القلب عن العمل!

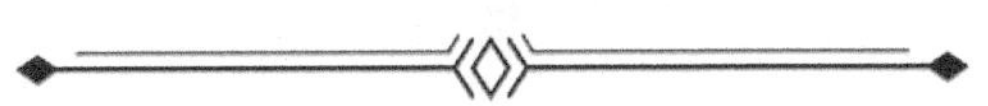

بغير سابق إنذار قرر قلبه الاعتصام والتوقف عن العمل.. وقبل أن يلفظ أنفاسه الأخيرة، خاطبه قائلا:

أتوسل إليك أن تنبض قبل أن يقضى عليَّ.

هيا أجبني .. تحرك .. انطق .. لتنطق ولا تصمت هكذا!

ها أنا ممدد .. قابع بلا حراك .. أنتظر منك إجابة ..

همسة .. حركة .. نبضة .. تعيدني إلى الحياة

كيف غابت عني آلامك وأحزانك في كل مرة .. قررت فيها الابتعاد عن بلدتي لأتركها مكبلة بأصفاد التخلف والظلام .. فآثرت الراحة والسكينة .. وارتحلت .. لم أجتهد في تنويرها .. واكتفيت بالأغاني في حبها .

_ لكن هبني فرصة هذه المرة ، وانهض مجدداً .. تراجع عن موقفك ، وأنهي اعتصامك وأعدك ألا أخذلك .. سأبذل قصارى جهدي ، وأساهم بكل ما أملك لتتبدد الظلمة وتنقشع .. وتظهر خيوط الفجر القادم الباسم ويعود الأمل ..

فقط لا تمتنع .. أرجوك اعمل من جديد وأذقني نبضاتك.. نبضات الحياة ثانية

_ لقد أوشكت أن ألفظ أنفاسي الأخيرة .. وأرتحل ..

لكن هذه المرة بلا عودة .. ولا أمل نهائياً في مجرد التفكير بها .. ومع هذه النداءات الكثيرة .. والاستغاثات الحزينة المتكررة، إلا أن القلب الجريح ظل ساكناً! ينزف ويتأوه .. ويعتصره الألم ، وفي أعماقه قرر أن يواصل امتناعه عن العمل!

ورغم ذلك تظاهر بالنهوض مترنحاً غاضباً _لا ينبض كما كان_ حتى يرضي صديقه وتوأمه.. هذا الجسد المنبطح القابع ممداً بلا حراك.. لا يقوى على النهوض دونه ..

أسدلت الستار بدمعها

فاجأني صديق شاب لم أتعود على اتصاله إلا في مناسبات قليلة لكن مؤلمة بمكالمة هاتفية أغرقني خلالها بدموعه المنسكبة وأحزانه التي لا تنتهي وعباراته المجروحة ونبضات قلبه المتسارعة التي أكاد أسمعها عبر تقنيات الهاتف المحمول، قال: أريد أن أخبرك أمرا.

قلت له: بانتظار رصاصاتك الملتهبة وكلماتك النارية.. أطلقها.. أقصد: قولها.

ولم يمنع مزاحي معه أن يطلق كلماته تترا .. تترا كالرصاص المنهمر من فوهة مدفع قريب .. قريب جداً مني .. فاخترقت كلماته أذني وحطمت فؤادي.. وهو يبكي قائلا: لقد انتهى كل شيء مع من أحببتها بعد أن أصر والدها على خطبتها لابن عمها لأنني متخرج حديثاً ولا أمتلك بيتا ولا تجهيزات، فكيف لي أن أفكر في خطبتها أو حتى التقدم لها.

قلت له: وما الجديد في الأمر؟ كنا جميعا نتوقع تلك النهاية الطبيعية لكنك لم تقتنع بكلامنا..!

قال، وقد ازدادت نبضات قلبه الدامي حزناً وتعالت شهقات أنفاسه تصاعدا كأن روحه قاربت على مفارقة جسده المرتجف،قال: لقد حاولت الانتحار وهي في المستشفى الآن.

قلت في نفسي ها قد بدأت طلقات الرصاص التي انتظرتها تنفجر في وجهي، وماذا عساي أن أفعل، وماذا يمكنني أن أقول له؟؟؟.

لكن هو من بادرني متسائلا: لماذا كتب علينا أن نفارق من نحب؟ لماذا تخيم علينا الأحزان دائما؟ لماذا باتت أيام سعادتنا معدودة لا تكتمل...

حاولت أن أباعده عن تساؤلاته المسمومة والملغومة لإخراجه مما أصابه، وقلت: المهم.. ماذا فعلت..؟!

قال: لم أهتم لأي أحد من أهلها وذهبت مسرعاً لزيارتها.. وحين وقفت أمامها قالت جملة واحدة وأسدلت الستار بدمعها: هكذا هو الفراق اللعين .. يذهب بأغلى وأحب الناس إلينا.

وحمدت الله أن خط هاتفه فصل.. ربما لم يكن معه رصيد يكفي لذبحي بأحزانه التي لا تنتهي!

آباء.. يطفئون القمر!

وحين غادر لم يكن قد رحل عنها، فلقد كان يعيش في وجدانها وفي حركاتها وسكناتها تراه في خيالها وأحلامها بل في كل مكان حولها .

وهو .. لكم كان مسكيناً، وحدته في غربته جعلته يبكيها في عمله وفي راحته .. يتحسس جسده فإذا هو بلا روح فلقد كان تركها حين غادر مضطراً لينساها .. لكنه أبداً لا ينساها، ساعات... أيام... شهور لم تفصل بينه وبينها... بحار وجبال ... أنهار وصخور... لم تنسه حلمه الجميل الذي حارب الجميع ليحققه وحين حققه .. ووصل إليه، انتثرت الأحلام وذبلت الورود وانطفأ القمر وغاب الفجر وبكت السماء، فما هي إلا فترة وجيزة حتى وصلت إلى النهاية المأساوية الكلاسيكية لكل ما هو جميل... أبوها طالبه بما لا يطيقه ولا يحتمله ورغم محاربته حتى يحقق ما يرضيه ورغم سلبيتها وضعفها في الوقوف بجانبه واصل عمله ليل نهار .. النوم لا يعرفه الوقت لا يشعر به الأصدقاء تناسهم الجيران لا يراهم حتى أهله كانوا يعرفون أخباره عبر الهاتف .. أغمض عينيه عن كل هذا ولازال يدور معصوب العينين ليجمع الأموال التي تعينه على انجاز ما تبقى في شقته .. وبعد سنتين من العذاب انتهى من تجهيزها ولم يتبق الا القليل من الكماليات:

لابد أن عمي سيوافق على دخولي بها هكذا .. أنها أمور بسيطة . وتأهب نفسياً استعداداً للموافقة، وعندما أتاه اصطدم به كجدار خرساني صلب .

لا تأتني قبل أن تكمل ما تبقى!.

لم يشعر بما يقوله وهو منهار حيث وصف التمثال الشاخص أمامه بأوصافه الحقيقية والتي تنأى الآذان عن سماعها وبقية الأسرة تشاهد الموقف الأليم من بعيد يستمعون إلى ما لم يتوقعوه ومالا يعرفوه لكنها حقيقة أبيهم ذلك المتسلط الجبار الذي لا تعرف الرحمة أي سبيل للوصول إلى قلبه النحاسي المتصدأ. وانتهت تلك الدراما الحزينة بهذا الشاب الذي يتفجر قوة وحماساً وبأساً وربما تهوراً بشبكته وكل ما جاء به من هدايا موضوعه أمامه بعد أن حشي أبوها لسانه وتهوره .

حملها ليعود إلى شقته لا يدري متى ركب سيارته أو كيف قادها لكنه الآن بين هذه الجدران التي تتساقط وتتساقط فوق بساط أحلامه بعد أن صرخ وصرخ يستنطقها كي ترد عليه .

ألم أشيدك ... لتضمينا؟!.

ألم أرسم على جدرانك ... أمانينا؟!

و جثى على ركبته وسط جدران شقته تلك التي ارتجت على صرخاته طيلة ليلته المظلمة.

ونام .. نام إلى أن أرسلت الشمس خيوطها لتوقظه وتوقظ في داخله نبضاً لفكرة الرحيل ينهض ليجمع ما يمكنه من ملابس يقذفها داخل حقيبته يحملها ويهرب إلى خاله صاحب أكبر مكتب مقاولات في إحدى دول الخليج حيث كان عرض عليه مراراً أن يصطحبه ليعاونه وبالفعل رحب باصطحابه بعدما رأى حالته النفسية المتردية إثر انهيار أحلامه.

وها هو ذا تمر عليه الأيام والأسابيع تسحب ورائها الشهور ولا زال يبكيها ...

وهي .. كانت أصعب منه حالاً وأشد حسرة ونداماً فما إن علمت برحيله حتى تحطمت معنوياتها وهزلت وضعف جسدها وحين عرضوها على الطبيب أمرهم بإيداعيها المستشفى وتخرج بعد

ذلك لتحيا مع ذكرياته الطيبة ولا يمر عليها يوم إلا وهو يعيش معها بل في كل ما حولها تراه في نفسها .. والآخرين .

ثم قررت أن تكون ايجابية ولو مرة واحدة .. حين اتصلت على أمه واستحلفتها أن تعطيها رقم هاتفه وحين تحدثت إلية لم تتمالك شعورها وانفجرت دموعها .. ولم يعرف مع من يتكلم .. إلا احساس دافئ بأنها هي لكنه فكر في كل شيء غير أنها تقوى على ذلك .. وبعد أن قاربت على الهدوء بدأت تفصح بعض الشيء .

قلبي ملك لك سأقف بجانبك عود لي!

ولم يقاوم أيضاً البكاء حين أظهرت نبرات صوتها تلك الكلمات وبدأ يهدأ ليخبرها بأنه لها من دون البشر خاصة بعد أن قويت على مكالمته أنهار من الدموع جرت عبر أسلاك الهاتف وانتهت المكالمة بع أن طمأنها بأنه قادم!

وأنهى جميع متعلقات عمله خلال أسبوع ليعود وعندما وصل أسرته وضع حقائبه وسلم عليهم وهم ليذهب إليها لكنهم أخبروه بأن أباها صمم على زواجها لآخر! .

مبعد .. وحده!

خطاطيف جحيمية متدلية تتهادى في الهواء الملتهب .. تتبع قلب هذا الصامد لتخطفه .. يولي هارباً متخفياً .. لكنها تحاول مراراً .. وتعيد المحاولة ..

يتخفى وسط الصخور الصماء الجافة التي تزفر لهيباً ينطق بلسان الشمس المتعامدة فوق الصحراء الشاسعة المفروشة برمال احمرت بعد اصفرارها من شدة اللهب ..

يكاد يستسلم للخطاطيف التي لا زالت تتبعه .. فقط لا تريد سوى انتزاع قلبه لتبقيه معلقاً فوق نيران الصحراء القاحلة ..

يتشبث بعلائق واهية وهنتها الآهات الجافة التي خلت من أمن الليل وسكونه وطمأنينته .. رافقته الدموع الحارة .. الجافة .. الخافتة .. ولا يسمع _ أثناء هروبه _ سوى أنينها .. يشعر بسخونتها وتدفقها وهي تشق أخاديدها على وجنته في طريقها لإطفاء الاحتراق الذي أصابه .. جراء هروبه وألمه وحسرته وخوفه وترقبه وانتظاره للحظة التي يعلق فيها قلبه بتلك الخطاطيف الجحيمية .. وهي آتية لا محالة ..

إذ تتبعه بسرعة مدهشة فاقت كل توقعاته، وكأن صوته نبضات قلبه المرتفع يدل عليه .. وهو السبب في ذلك .. وأصبح الموت المحقق قادم من كل مكان .. قادم ولا سبيل بالهرب للانفكاك منه..

ويصرخ صرخة يسمعها كل من في الكون: لا .. لا ..!

_ لن أترك قلبي وأهيم في غياهب الفراق الذي ابتلع آخرين غيري ..!

_ ليشهد عليّ هذا الليل الذي أبكته دموع الصراخ الملتهب لاشتياقه لآهات ترابك يا وطني .. وتشهد السماء الصافية على

نسمات عابرة مرت بين يدي الفراق الجريح الذي جرحته الشكوى ووميض الليل السارح فوق شذى الترنمات الساهرة تناجي وتناشد ليل بعدك أن ينقشع .. وتتوسل إليه أن يوقف ومضات حزنه القاسي وظلمته الثقيلة ودقاته الجريحة.... وينجلي .

لينجلي ليل الفراق الكئيب .. وتسطع وجنتك الواضئة البهية يا وطني .. وتعود ذرات ترابك لتبدل جفاء الصحاري .. وتروي تشققات الروح التي كادت تنزوي في جب سحيق لا يعرف غير قساوة الرمال التي طحنته مع الأيام بلهيب ممزوج بمياه نارية تشوي الوجوه القضبة التي اعتادت الكآبة فباتت تجر إليها البشر بعد أن جرت سباعاً افترست لتوها الحب والمودة .. وباتت فقط تنفث زفيراً مسموماً بالحقد على ما ليس منها .. ولا يطعمها ..

وهكذا غاب دفء وطنه عنه فصار مطعماً سائغاً سهلاً، تكالبت عليه وحوش الليل والتهمته " دقائق " الفراق، فضلاً عن أيامه وشهوره وربما سنيه التي قاربت على انعدام توازنتها، فغدت ولا أحد يعرف هل ستزول أم ستبقى لتلتهم الحلم الجميل الذي تداعبه أشعة نورانية تود لو تسطع هناك حيث الأرض المباركة ..

لكن أسواراً تقف شامخة لتمنع أذان الفجر ليأتي ويضيء ويبدد ظلمة الفراق المستغرق في ترهله فوق جسده القابع لا يريد أن يقوم ولا حول له به حتى يقوى على دفعه .. فهو راقد رقود البعير فوق فراشة كادت أجنحتها أن تنسلخ .. ولولا حبها للتحليق .. طليقة حرة.. لما استطاعت أن تواصل دفع الهواء بهذه الأجنحة الضعيفة الناعمة .. مرات ومرات تسبح في فضاء لا ينقضي ولكن بعزيمة الجبال تتابع دفع الهواء علها تصل .. تعبر أجواء ساخنة حارة ملتهبة بلهيب قلوب أهلها .. وتتجاوزها لتصطدم بأجواء تبخر هواءً بارداً برودة الثلوج..

صحاري وجبال وأنهار اعترضتها .. لكن تلك الفراشة الرقيقة تصمم على أن تصل .. تصل للنور الخافت الساحر الذي يبدد ظلمات الغياب .. ولكي ترى خيوط الفجر الباسم الذي يبدد ثقل الأحزان ويزيل الليل القاتم الذي لا يريد أن يرحل ..

مثلها تماماً _ هو _ لكن يقينه في شرائيب الحياة الحانية الهانئة التي تنعم بها برفقة أشجار الزيتون .. هي التي تؤكد دوماً أنه _ ذلك الليل _ سوف يرحل .. ويبقى فقط شيء من الألم يعلق في جبين الذاكرة ..

ليبرهن على أنه في يوم ما كان هناك قلب معلق في سلاسل حديدية تنتهي إلى رأس جبل عال في صحراء صماء كأداء كالحة تزفر لهيباً يكاد يصرخ ليبتلع كل كائن يريد أن يحيا فوق بساط رماله التي سعرت كي تساعد الصحراء في التهام ما تبقى من أنفاس كل الأحياء ..

هذه السلاسل الحديدية ارتخت وارتخت في الهواء الملتهب .. وتدلت منها خطاطيف هي أقرب ما تكون للخطاطيف الجحيمية طالت جميع رؤوسها المستعرة ثلثاً من قلبه الضعيف ..

فماذا عساه أن يفعل؟!

وسط تلك الصحراء الصماء الشاسعة .. أو ذلك الهواء الملتهب.. أو تلك السلاسل الحديدية التي ارتخت بخطاطيفها الجهنمية .. تتمايل يمنة ويسرة بذلك القلب النازف الجريح الذي لا زال يأمل بانقضاء الليل الطويل الثقيل الذي يكرهه ..

وينتظر _ كلما تمايل عذابه _ أن تظهر خيوط الفجر لتخلصه .. لكن الفجر لا يأتي .. يناديه .. يستصرخه .. يتوسل إليه .. لكنه _ أبداً _ لا يأتي، ولا يرسل خيوطاً نورانية تدل قدومه ..!

ورغم ذلك كله فإن القلب المتأرجح في غياهب الليل وبين كلاليب الجحيم .. يرتخي متعلقاً بسلاسل ملتهبة .. ترطمه تارة بالصخور المدببة .. وتعود به ليرتطم في رمال مستعرة تلفحه بالهواء

الملتهب .. رغم ذلك كله لا يكاد يمل من انتظار صوت الفجر القادم .. من فوق مآذن أرضه .. إنه ينتظر .. صرخاته تدل على صبره .. نبرات استغاثته تخبره بقرب قدومه .. حتماً سيأتي..
صموده حياً في وجه الموت المتكرر يؤكد ذلك ...
لكن أين هو؟! هل تاه الفجر؟!
ينتظر الفجر .. تلو الفجر .. تلو الفجر ..
ليعود لشجر الزيتون .. والأرض!

سخرية

أرخى الجريدة التي يتصفحها .. حين رأى على البعد رجلاً يضحك ملء فيه..

تساءل.. كيف يضحك هذا الرجل من أعماقه في هذا الصباح الباكر.. برغم أن هيئته تدل على كونه مجرد موظف بسيط.. لعل زيادة في مرتبه في الطريق إليه.. وأي زيادة يمكنها أن تصمد في وجه هذا الغلاء ونار الأسعار.. ربما رزق بمولوده الأول .. وأي ذنب جناه هذا المولود ليأتي إلى الدنيا في مثل هذه المرحلة البائسة من حياة العرب.. قطع عليه حبل تساؤلاته الحائرة وصول الاوتوبيس .. اندفع بدوره وسط زحام الركاب.. لم يصدق نفسه وهو غارق في مقعد خال وحده حتى أذنيه..

لفحته نسمات الصباح العابرة.. وقعت عيناه على يافطة محامي شهير كان ضابطا برتبة كبيرة لكنه تقاعد من أجل المحاماة والنصب والفهلوة ..يتقاضى في كل قضية ينهيها مبالغ خيالية.... تذكره بشعره الأصفر وعينيه الخضراوين .. هز رأسه في سخرية .. كم من المرات ساعده في الامتحانات لكن رغم ذلك قدر التيار انحرف بهما .. دخل صاحب العينين الجميلتين كلية الشرطة.. أما هو فانحرف به الأتوبيس الذي يركبه إلى الجهة الحكومية التي يعمل بها موظفا يتقاضى مرتبا ضئيلا لا يفي حتى بالتزامات حياته البائسة التي تتكرر مشاهدها العبثية تحمل معها يوميا همومها وديونها ومطالبها التي لا تنتهي..

عم أحمد .. صعيدي من أعيان المنصورة

يفد إلينا في أطراف مدينة المنصورة نوعان من تجار أهل الصعيد، نرحب بهم وبجوارهم الطيب وسيرتهم الحسنة ومواقفهم الرجولية ..

نساندهم لسنوات .. ثم تأخذنا الدهشة والحيرة من ثرائهم السريع وامتلاكهم لمساحات شاسعة من الأراضي وإقامة العديد من المباني والأبراج عند مداخل المدينة..

تجار الحبوب والبقوليات من فول وعدس ولب وسوداني هم النوع المدهش الأول الذي لا يكل ولا يمل ولا يهدأ له بال حتى يمتلك مقلته الأولى في إحدى جوانب الطريق ثم الثانية والثالثة.. وتعجب بعد ذلك وأنت ترى (المقلة الكبرى) في أغلى الأماكن وأهم الشوارع الرئيسية في مدينتنا لصاحبها فلان الفلاني الصعيدي الذي جاء لا يمتلك إلا قوت يوم بيوم ثم في غضون سنوات قليلة أصبح معلم المعلمين وعين أعيان المنصورة .

أما عم أحمد الصعيدي تاجر القصب الذي فاقت شهرته الجميع فهو يمثل الرمز الأبرز للنوع الثاني من تجار الصعيد الذي يجلبون أعواد القصب بكميات هائلة من قراهم في الجنوب لتصل إلينا في الشمال عبر حافلات ضخمه تمر من أمام بيتنا على الطريق السريع لنراها وهي تتهادى لتحط رحالها في مساحات واسعة من الأراضي على جانبي الطريق في ضواحي المنصورة ..

كنت أشاهد عم أحمد يستقبلها بفريق كبير من رجاله الصعايدة المشهورين بجلبابهم الواسع الفضفاض الذي لا يوحي مطلقاً بقدرتهم التشغيلية الماهرة لكنهم يؤدون عملهم بإتقان ومهارة وسرعة مدهشة حين يقسمون أعواد القصب إلى أكوام منتظمة

ليأتي إليهم أصحاب العصارات المنتشرة بكثافة في جميع أنحاء المدينة ويشتري كل واحد منهم ما يكفي عصارته لفترة وجيزة من عم أحمد الصعيدي الشهير الذي امتلك ناصية تجارة القصب وأصبح رمزاً من رموزها ولا توجد عصارة في المنصورة إلا وصاحبها يعرف جيداً عم أحمد لأخلاقه وكرمه وتسامحه كما عرف أيضاً بحبه للنساء فكان مزواجاً و لديه الكثير من الأبناء...

كانت السنوات تمضي وهو كما هو لا تغيره الأموال ولا العقارات ولا السيارات ولا المحلات ولا أبراجه المنتشرة في جميع أنحاء المنصورة ولا تنقص من كرمه وبذله وعطائه شيئاً كان يسعى في مصالح الناس ويساعد الفقراء والمحتاجين والأرامل والأيتام وينفق من أمواله الكثير على المساجد والمشروعات الخيرية ومع ذلك تكثر أمواله ومعها تتعدد زوجاته أيضاً ..

وفي عز هذا الثراء انطفأ الرجل فجأة وبدون مقدمات تغيرت ملامحه التي اعتدنا عليها لسنوات طويلة.. وانزوى في جانب من مملكته .. ولا يشاهد إلا جالساً متكئا على كرسي.. شارد الذهن عابثاً غير مبال بأمر على الإطلاق..

تقاطيع وجهه مكفهرة.. عابث.. سارح ..صامت ليل نهار .. لا يعرف مع من يتكلم أو من يأتي أو يذهب.. وتاه عن العالم وتغيرت معالمه في غضون أيام معدودة وأصبح كهلاً لا يعرف ...

خاض الناس كثيراً في حكايات متنوعة عن الأسرار التي قضت على حيويته والأسباب التي أوصلته لتلك الحالة الكئيبة.. وكنت متشوقا للوصول للحقيقة الغائبة وراء هذا التحول الدراماتيكي في حياة هذه الشخصية المحورية التي ثبت معالمها الصعيدية المبهرة في ذاكرتي منذ الصغر.. إلى أن اختصني سائقه الشخصي الذي كان يحلو له أن يستريح من عناء الطريق أمام بيتنا وكنت أسارع بتقديم الماء البارد له كلما رأيته وهو يعلم

جيداً مدى انبهاري بأسطورة عم أحمد الصعيدي ورحلته الناجحة في عالم الأعمال ..

وأسر إلي بصوت منخفض يكاد لا يسمع بعد أن تلفت يميناً ويساراً عدة مرات فلم ير أحداً .. هامساً في سكون تام.. لقد هربت زوجته الشابة الحسناء التي تزوجها قبل عدة أشهر مع (عوضين) أحد رجاله المقربين .. ونهضت مسرعاً من جواره ... نهرته وحذرته بشدة أن يخوض في أعراض الناس ....

شغلتني هذه الحكاية الملغومة بالأسرار مطولاً.. ولم أصدقها إلا عندما وجدت الناس يتسابقون ليلتفوا حول جثة هامدة لفظها فرع النيل بالقرب من الحقول المجاورة لأعواد القصب المتراصة بانتظام وإبهار..

الفـــــــــراق

الليل – ذلك الذي يكرهه – الظالم .. الكاحل .. البهيم .. المكتئب، يبسط – عليه عباءته السوداء .. مصطحبة ماض قريب – مثلها – بل يفوق عليها سواداً وحزناً .. تلتحفه – تلك العباءة المكفهرة – وتلفه يحاول الخروج منها .. لكنها تكبله .. تقيده .. تسور معصمه، ترمي به في ظلمات الفراق ليعتقله .. ويحتضنه .. ويستمسك به ولا سبيل للانفكاك منه ...

يتجاور مع نفسه كثيراً ... ليجد حلاً ... ويستبصر طريقاً للخروج من هذا الكهف المظلم ... الطويل ... البعيد ... السرمدي، الذي يحمله الليل (الكريه) إليه مرغماً ... فيحاول مراراً الخروج ...

ويخرج .. ممتطياً صهوة (سطحه) .. ليجاور القمر .. كما تعود.. في مثل هذه المواقف الأليمة علَّ (عدوه) الليل ينقشع ... لكن تُرى ما يؤلمه ..؟! يصرخ في صمت .. يتوه بين أطواد النسيان .. يغرق في أعماق الابتعاد .. يذوب ويذوب وسط الأمواج التي يتمنى أن تلقي به مرة أخرى هناك .. إلى واحته .. حيث ترك نفسه وارتحل .. بل ربما رحلت به الأيام المريرة – كما أطلق عليها مراراً – وابتعد..

ابتعد .. إلى أن اختفى وراء الأيام الخافتة، خفت ضوءها فباتت بلا نهار .. وتهاوت نجومها.. فأضحت قاتمة.

أين ذهبت نفسه بعد أن تركته الابتسامة ولم يعد يعرف طعم الفرح، وانتزعه الرحيل، أيختفي؟ لينسى .. أم يبتعد؟ ليتوه.

واستفاق .. استفاق على دويّ الخبر " فنزف .. ونزف " والآن يتوقف .. ليجده .. وسط الأمواج الثقيلة. يدفعها فلا تندفع .. يستغيث فلا مغيث – لا يرى غير الماء – الذي ينذره بالموت المحقق .. فتثبط همته في المقاومة .. ويستسلم للماء الذي

يعكس مهمته .. حين يهب الحياة للناس .. ليسلبها منه .. ويدعه يرسو ليختلط بقاع المحيط.. وحين يتنفس.. يجد الموت المحقق! وهكذا دوماً يجب عليه أن يموت مرات ومرات .. حين يفقد من يحبهم .. دون أن يسأل لماذا يموت الحب؟! لماذا ينشف عوده، يغرق في مياه الأحزان الحمراء الدامية .. التي تدموا .. لا تتوقف .. حين تتلقفه نيران الفراق .. وتطفئها مياه الغرق في ظلمات الآلام.

كم يتمنى أن تلف النسمات النادية أجواء منزله .. لتستنشقها رئتيه المتوقفة لتعود لها الحياة .. ينتظر .. وينتظر ..

الفجر ينادي .. الصبح يتنفس .. الشمس تشرق .. النهار يقترب .. والليل (الكريه) يبتعد .. يبتعد .. يبتعد ..

صـــامتون

أصبح ظل السماء معبأ بالغمام القاتم.. الرياح تصفر .. الوحوش تزأر .. الأرض ترتجف .. البحار تنضب .. الأشجار تجف .. النجوم تتساقط .. القمر يموت .. النهار يبتعد .. الليل الكئيب يطول .. يطول ، وننتظر انقشاع الظلام الكاحل ..

وتنساب خيوط الفجر القادم من بطن الأيام المقهورة المنضوية تحت صخور ظلام دامس يتهاوى فيه الليل المقمر..

وتبعث الشمس بخيوطها الذهبية .. فتتكشف الصدور لتستقبل الموت فارحة ، كذلك الأجساد التي باعت نفسها للذي اشتراها راضية .. وينتفض المنتفضون .. تهون النفوس وترسم لوحة متكاملة على جدران باتت منتصبة خاوية .. تبحث عن أصحابها وسط حروف قصيدة أبدعتها الأيادي الواضئة وبين عبرات رواية طويلة منتظرة .. انتظرها الأحرار طويلاً ...

وحين سكبت الدماء .. غيرت لون الأرض ، فارتوت منها الرمال ، وأصبحت الأشجار حمراء .. الزيتون أحمر .. النخيل أحمر .. الزروع جميعها مالت إلى الاحمرار ، كل ما ينبت من الأرض تحول لونه الأخضر إلى الأحمر القاتم ، فصار ابنا شرعياً للدم المنسكب!

والتزمت الأحجار الصمود .. صمدت لأنها لم ترتو بعد من هذه الدماء المتدفقة، وأبت إلا النفور لتضرب وجوه الصامتين .. مضت في طريقها لا تعرف إلا انتفاضة الأطفال الثائرين .. مضت تمتعر وجوه القوم .. تنفض من على رأسها الغبار.. تحبو في صمت الليل .. تنثر آهات البعاد .. التشرد .. التفرق .. الضياع ..

تنثرها على ملاءة الكون .. تحملها الليالي الطويلة الكئيبة الصامتة الثقيلة.. تحملها فقط إلى المتأوهين .. النازفين .. المتأسفين ..

ولا تجد غير الصمت .. والصمت البهيم ..!

وربما وجدت الأنين والحنين ، ومن ثم (مصمصة) الشفاه الغليظة .. الداكنة .. الكبيرة.. القوية ..

وحين (تمصمص) هذه الشفاه _ مجتمعة _ تكاد تطرب العالم كله عندما ترتفع وتنخفض، وتنخفض وترتفع ، وبعد ارتفاعها .. تنقبض وتنخفض و(تمصمص) ثم تصمت!

وخلال هذه (المصمصات) المهيبة يستيقظ ضمير العالم .. وتتنادى جماعات حقوق الإنسان و(الحيوان) فتتجمع وتخرج جيوشها في صفوف مصفوفة، وطوابير بدايتها واضحة .. ولا نهاية لها ..

تعلن _ كلها _ اتحادها لمواجهة (الكارثة) .. وتخرج الهمسات من بين صفوف متساءلة " أي .. كارثة؟! " وبعد قليل تكتشف الإدارة المسؤولة أنه وسط هذا الكون يوجد أناس (يتمصمصون) ولا بد من مناصرتهم ..!

وعندئذ يرتاح الهامسون المتساءلون لأنه بعد هذه الضجة المثارة ستنفض هذه الحشود التي سمعت مراراً بهذه (المصمصة) ولم تحرك ساكناً .. وسوف تقفل راجعة .. فلقد اجتمعت واجتمعت ، ولم تقدم شيئاً سوى الاجتماع .. وهو وحده كفيل بأن يوقف الشفاه الداكنة الغليظة عن (المصمصة) ..!

السفارة

عاش عدة ساعات في سفارة بلاده بإحدى دول الغربة الأليمة التي يحيا فيها .. وكأنه داخل مصلحة حكومية رسمية ..هناك في مصر..

غرفة الأمن الصغيرة جدا على مدخل باب السفارة المصرية فيها ثلاثة موظفين أو أكتر بيجمعوا الجوازات والأوراق المنتهية منتظرة ختم فقط.. والكل يتجمع خلف البوابة ينتظر الفرج.. ويسمع لفتاوى المصريين أثناء انتظاره .. من يقول هموا بيقفونا كده عشان تحس إنك في مصر.

واللي يقول.. لأ ده عشان البوفيه يستفيد من بيع الشاي والسجاير.

واللي يقول .. لغاية ما سعادة الباشا القنصل يصحى من نومه.. نووم العوافي..

ويستمع لحكاوي القهاوي المصرية مع لفيف من دخان السجاير.. ورشفات الشاي اللي جايبه لآخر الشارع ... شوف مثلا:

_ شاب مهندس مصري مليان كده معاه بنت صغيرة يمكن ثلاث سنوات وعمال ينزل عرق زي الحنفيه وينفخ دخان سجايره بحرقه..... قرب مني وسألني: معاك قلم... قلت له: اتفضل القلم أهووه أنت جاي منين قالي أنا جاي من مدينة بعيدة عن السفارة.. وجاي اجدد وثيقة السفر بتاع البت دي... قلت له: طيب ابعد السجاير والدخان عنها.. قالي: ما تخفش ولا يهمها بنت العفاريت دي.. دلوقتي أروح أوديها عند أمها ......!!

_ واحد تاني لسه داخل من باب السفاره.. جاي يسألني بيقولي: متعرفش السجاير والشاي فين... رديت عليه بعلووو صوتي ..

قلت له: روح خلص أوراقك الأول طيب... أنت لسه داخل بلا سجاير بلا شاي ... وهات يضحك من كل اللي حوالينا....

_ وراجل باين عليه كده فلاح بيشتغل حارس على عماره واللا حاجه.. بيسأل بيقول .. أومال فين .. المصوراتي.. استغربت وقولت له مصوراتي ليه يا عمنا.. بتاع إيه.. قالي عشان أصور الورق ده... ضحكت وقولت له (بتاع التصاوير يعني) فووق هناك كدا أول ما تدخل ... شمالك!

_ واحد فلسطيني من اللي معاهم وثيقة مصرية ماشي معاه واحد صاحبه سمعته بيقوله: يا زلمه.. أنت أول ما تدخل هيك ع الموظف.. تبدأ معاه الأول بكلام حلوووو... من شان يخلصك بسرررعه... قولت: يا ولاد الذين .. حتى هنا كماااان!!

حكايات عجيبة .. ومشاهد غريبة.. بحب أشوفها بكل تفاصيلها.. خاصة وأنا منتظر الباشا (الختم) عشان يخلص.. لكن لما أكون لسه بقدم أوراقي.. ما بركزش مع حاجه أبداا..

كله كوم ومشهد حبايبنا الصعايدة.. بجلبايتهم القديمة وتراثهم الأصيل ولهجتهم الممتعة .. كوم تاني خالص...

نهاية خدمة

مال عليه المدير وهو يجلس بجواره أثناء الحفل الصغير الذي أقامه زملاء العمل لوداعه وقال: أما آن لك أن تعدل عن قرارك وتعلن المفاجأة بالبقاء هنا على مرأى من الجميع..

قال له: حقائبي في المطار.. وسأعود لبلدي بعد عدة ساعات لأحتضن زوجتي وأولادي .. وأعود أهلي وأصدقائي وأحبائي..

ابتسم مديره ساخرا وقال: أشفق عليك من تعجلك بالرحيل يا ولدي.. فقد كنت مثالا للموظف الناجح الذي يؤدي عمله بمهارة وإتقان والمهم بإخلاص وهو ما لم نجده في أحد إلا نادرا وأنت أحسبك من النوادر وجواهر العمل .. ثم تنهد قائلا: خسارة..

كانت كلمة (خسارة) غامضة ومحيرة.. هل هي خسارة للشركة أم خسارة لأنه سيعاني في وطنه وبعد فترة سيطلب العودة للعمل كمن سبقوه من الزملاء الذين اتخذوا الخطوة نفسها ويعرف بعضهم جيدا.. لكن لم يأخذه التفكير مطولا في لفظ الخسارة واستكمل وداع زملائه عقب انتهاء الحفل.. وعندما هم بالرحيل نظر إلى مديره فوجده ما زال يبتسم ساخرا.. هذه النظرة تحيره ولم يفهم منها شيئا لكنها تخيفه من مستقبل العودة الغامض.. لقد حاول المقربون من زملائه كثيرا إثنائه عن قرار الاستقالة والخروج النهائي .. لكنه لم يكن مستعداً لمناقشة الأمر.. وليس للتراجع فيما اتخذه من قرار بلا تردد.. قالوا له: لقد حققت الكثير من النجاحات الملموسة وأصبحت قائدا ملهما في عملك هنا.. لا تضح بكل هذا الاستقرار.. لكنهم لا يعلمون مدى الحيرة والقلق وعدم الاستقرار النفسي والتخبط الداخلي الذي يراوده ويعاني من آثاره.. أجابهم أن الإنسان هو من يصنع النجاح.. وهو قادر على صنع مثله في أي مكان وتحت أي ضغوط.. ردوا

عليه بأن الظروف هنا مهيأة وهي الأنسب بوسائل الراحة المصاحبة والأكثر مواءمة للنجاح .. قال لهم .. نحن الذين نصنع ونهيئ ونمتلك أن نغير تلك الظروف ونواجه التحديات والصعاب.. حاولوا مرارا معه.. ولم يقتنعوا بوجهة نظره.. بل رأوا في قراره استعجالا وتهورا وصل إلى حد الجنون.. كأن رأيهم يقلقه ويحيره .. لكنه مضى في رأيه الذي اعتقده الصواب..

تماما كدموعه

تأمل مندهشاً تساقط حبات المطر على سطح نافذته، وهي تهوي متعجلة مضطربة تصارع حظها بعدما قضت نحبها.. في مشهد تتشكل فيه لوحة حرفية مكتنزة الدلالة.. لكنها بلا حروف.. الحروف مخنوقة بداخله..

تماما كدموعه المختنقة.. التي تشابهت مع حبات المطر، وهي تتهاوى مضطربة حائرة..

كلما تذكرها..!

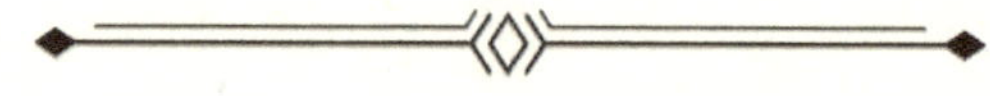

طيفها

يتهيأ ليستقبل صباحه المعتاد في تردد حين يفرد ثنية قدمه ليهبط.. ولكنها قبل أن تلامس أرض الغرفة يعود بها ثانية إلى فراشه، يحاول النزول مرات فيفشل وينجح عالمه الذي رسمه خياله بريشة الجمال في أن يجذبه مرة أخرى ليراها تقف أمامه وقفة طويلة صامتة.. صوبت خلالها عيناها بعينيه.. متسائلة: أستسمحك أن تروي لي تفاصيل ما دار في منامك أن أردت.. رمقها بنظرة صامتة علها تكون حقيقة وعاد ليرى طيف خيالها سابحاً في أثير أحلامه..

شجين القدر ..!

لم يتبق إلا هو ..
بعد أن شاهد مصارع من كانوا معه .. انهارت قوتهم وانهزموا .. رآهم يتساقطون بعضهم خلف بعض ..
وفي خضم جبال الأمواج وتلاطمها .. أبصر حتفه .. صارع الموت كثيراً قبل أن يتمكن من كتابة "هذه الرسالة"..
لاطمته المياه التي يعتبرها سبباً للحياة لكنها لم تهبه الحياة..نازعته ما تبقى من ساعاته.. وأنفاسه ..
وقبل استسلامه للغرق كتب "الرسالة" واستأذن المياه أن تقايضه بحياته .. توصيل تلك الرسالة إلى من يريد لها أن تقرأها..!
لكننا لا ندري كم حملتها المياه على ظهرها هل أيام،أم أسابيع، أم شهور، أم سنين،أم قرون ..؟! لا ندري ..!
المهم أنها قد وصلت .. ومن التقطها .. نشرها!
فهل هي قرأتها ..؟! هذا ما تمناه!
كان قد قال " بقلمه " لها:
مليكتي ..

- إنني بحاجه إليك .. بحاجة إلى تدفئة للأجواء القاتمة الباردة التي تصفر فيها الرياح العابرة لجبال الجليد الفاصلة بيننا .. عبرت الرياح أماكن الجليد، فأضحت محملة ببرودة قارصة لا مثيل لها أبعدتنا وفرقتنا، فهل سنعاود البحث عن دفء يزيل ليالي الفراق الطويلة الكئيبة؟! دفء يجمعني بعيونك المغرورقة دائماً بالدموع على ما لاقيناه ..

- إنني بحاجة إلى ضياء يغمر ظلماتي المتراكبة بعضها فوق بعض .. ضياء ثغرك الواضئ ليجتاح تلك الظلمات.. ويعيدني إلى راحتيك لأرتخي، فتتوقف التداعيات والأفكار، وأكون بكل كياني لك .. ومعك فقط ..
- أحتاج لرطوبة كلماتك .. لعبير أنفاسك المعبق بعطر الورود النادية .. تتقاطر على صيف جراحي الملتهبة .. تنتظر رؤية عينيك، وسماع نبرات صوتك التي تبدع سيمفونية الحياة .. ولا تحسب نبضات حياتي إلا حين ألقاك .. حين ألقاك أفقد نفسي، توازني ينعدم، تتهاوي قدراتي .. لا أشعر من أنا، ومن يكون حولي .. وهل أنا .. أنا؟! أم شخص آخر ذاب في بحر عيونك ..تعتبر اللحظات أسرع من الريح المرسلة .. يالهول موقفي ويا لصعوبته، ويا لسعادته وحزنه وخوفه ورعبه .. فقط من نظرة واحدة يتوه الكون حولي حين تنظرين إلي .. أنه القدر .. القدر الذي جمعنا، ثم فرقنا، وكيف نجتمع والعيون ترقبنا، الأهوال تحيق بنا والسياج من حولنا .. مكبلين .. سنمضى مكبلين .. بعد أن كتبت علينا الأيام الافتراق ....
- ليتني أرى عيونك في هذه اللحظات .. ارتضيت اللحظات.. رضيتها .. فهل تستجيب وتسكن عيوني بين جدران عيونك للحظات .. هل تتشبع بالأحضان والدفء ليوم آخر مرير بدونك؟!
- أتمنى أن يحمل قلبي قلب طائر ويخفق الآفاق بجناحيه .. يطير .. يحلق في السماء بعيداً .. بعيداً إلى أن يحط بين يديك .. يستودعه عندك ويبقى معك .. إلى الأبد .. يبقى معك!

- أتسمح لنا الأقدار أن نلتقي ثانيه؟! هل سنلتقي ويذوب جليد الأحزان الذي فرق بيننا واغتال الابتسامة فلم أعد أذكر كيف كانت .. ولن تعرف طريقي ما حييت بدونك فالقلب منفطر .. يعتصر الآلام .. ينادي فلا مجيب! يستغيث فلا مغيث! .. تتابع صرخاته ويرتد صداها مستصحباً الجراح والآلام والموت والاغتراب .. يرتد صدى الصرخات .. بلا منقذ ...! .... لا منقذ .. فالهلاك فاغر فاه .. ليبتلع ما تبقى من أمل ...!
- أيعقل بعد هذا أن تنفك القيود بلا عودة ..؟! ألا تكبلنا الأحزان والأعراف وعيون الظالمين " ظلمونا مراراً .. حين أجبرونا على الافتراق وتركونا نتجرع سم البعاد " نتوسل إليهم .. نستجديهم.. نقبل أقدامهم وترابهم .. ليدعونا .. نلتقي .. بلا خوف منهم ومن أصنامهم وشخوصهم نلتقي فتلتحم الأرواح .. ولا تفترق .. أبداً لا تفترق .. تبقى بقاء الكون ..

لكن ..

قد ذبلت ورقات الشجر .. ومات القمر .. وانطفئت النجوم .. ونضبت البحار والأنهار ..وارتدت حبات الرمال ثوباً أسود .. أحرقت الأوراق صدرت الأقلام .. تحولت البيوت إلى أسوار شاهقة سجنت الأفكار فغابت العقول .. وامتنعت الشمس عن ظهور .. وأسدل الليل أستاره .. وتاه .. وقتل الحب .. قتل الحب .. وسيطر الكره .. وأصبح الناس بلا رؤوس أجساد تتناحر ومن يفنى الآخر ليبقى .. ولا يتبقى كائن من كان .. أصبح الكون لا شيء أصبحنا لا شيء فمن هتم لأمرنا .. من يبالي بحبنا؟! لا أحد يشعر بنا ولن يشعر بنا أحد ..!

- لا أرى لقلبينا حلاً سوى الاحتراق والانصهار في أتون العذاب المتراكم .. فلا أمل في التئام جراحنا التي جفت بعد أن أنهت نزيفها ..!

ولكن ..

- ثقي بأن جراحنا ستلتئم ..؟!
- ثقي بأن جراح العمر التي انقضت بين لحظات اختطفناها لنلتقي وإن لم نتكلم .. لن تذهب سدي مع الرياح؟!
- مهما طال الليل وادلهمت الخطوب، وتعالت الآهات وتحجرت الدموع وتوقفت الصرخات وتاهت الوجوه .. فإن قلبي سينتظر .. وسيطيب لك نصفه بالورود كي تسكنين به إلى الأبد ..
- مهما غاب الفجر .. وابتعد وتاه .. وأتوسل إليك أن لا تسلمي بموت الفجر فلسوف ينشق من رحم الآلام مع وجنتك الوضيئة .. يملأ كوني ضياء .. لأسمع مرة أخرى .. ترانيم الحياة الحانية التي افتقدتها ..

مليكتي .....

إن لم يغادر الحلم إلى المحال وإن لم ينته الكلام فلن نمل من استجداء الوقت لينسانا ..

نهاية

ذهلت .. صعقت.. خارت قوتي.. انقلعت روحي.. وتوقفت أنفاسي حين رأيتهم يزفوك (في فستان يشبه الكفن الأبيض) للرحيل للمجهول.. وتركتني..

لا أدري من أنا .. تاهت نفسي من نفسي.. وبقيت أسير الخوف.. من الحب .. من أحلامي .. من الناس.. فلم أعد أثق لا بالليل ولا بالقمر ولا النجوم.. ولا بالنهار ولا بالشمس ولا بألحان الطيور.. أغشى النهار فأجده ليلاً .. ليلاً طويلاً أسود بهيماً.. لا يطرقه الفجر..

توقفت واستدرت ألف عام للوراء.. بل آلاف الأعوام ..علني أجدك.. كرهت الحاضر .. سئمت المستقبل.. أريد أن أبقى فقط مع ذكريات عيونك التي تهبني نسمات الحياة..

كنت هنا معي في روحي.. في خلدي.. في عقلي.. تسرين في دمي.. تمتلكين قلبي منذ أن كان قلباً.. أبصر بك شمس النهار، وضوء الليل.. لا غيرك يسمح للهواء أن أتنفسه.. ولا للماء أن أحتسيه.. فأي حياة بعد انتهاء الهواء.. وبعد أن جف الماء.. وانطفأت الشمس.. وارتحل القمر إلى المجهول؟!

السيد علي إسماعيل.. في سطور

- مدير تحرير دار الإعلان المتخصص للنشر.
- ناشط وباحث في الدراسات الإسلامية والعربية.
- كاتب صحفي وقاص وله العديد من الأنشطة الأدبية والكتابات القصصية في مصر وخارجها.
- نشر العديد من المقالات الثقافية والأعمال الأدبية بالمجلات والصحف والمواقع العربية.
- حاز على عدد من الجوائز ودرع تكريمي من المكتب الثقافي المصري بالرياض.
- عضو رابطة أدباء القصة القصيرة بالوطن العربي.
- عضو مجلس إدارة رابطة الإعلاميين المصريين بالسعودية.
- رئيس مجلس الإدارة ورئيس اللجنة الإعلامية لرابطة أبناء الدقهلية سابقا.

قم بتنزيل برنامج QR CODE Scanner من Play Store لقراءة الأكواد

مجلة الدار لإصداراتها الورقية